CODE ALPHABÉTIQUE

DE

LA PRESSE

PAR

C. VILALLONGUE

CONSEILLER A LA COUR D'APPEL DE MONTPELLIER

CHEVALIER DE LA LÉGION D'HONNEUR

PERPIGNAN

Imprimerie de l'*Indépendant*, rue d'Espira, n° 3.

1883

CODE ALPHABÉTIQUE

DE

LA PRESSE

PAR

C. VILALLONGUE

CONSEILLER A LA COUR D'APPEL DE MONTPELLIER

CHEVALIER DE LA LÉGION D'HONNEUR

PERPIGNAN

Imprimerie de l'*Indépendant*, rue d'Espira, n° 3.

—

1883

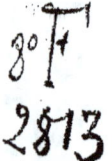

INTRODUCTION

La loi du 19 juillet 1881 a complétement modifié l'état de la presse ; elle a abrogé les édits, lois, décrets, ordonnances, arrêtés, règlements, déclarations généralement quelconques relatifs à l'imprimerie, à la librairie, à la presse périodique, au colportage, à l'affichage, à la vente sur la voie publique et aux crimes et délits prévus par les lois sur la presse et les autres moyens de publication ; elle a substitué à toutes les prescriptions insérées dans ces divers documents des dispositions nouvelles qui forment en quelque sorte le Code de la presse.

Nous avons eu la pensée, pour faciliter les recherches, de classer alphabétiquement les diverses dispositions légales, en tenant compte des observations insérées dans la circulaire ministérielle relative à l'application de la loi ; nous avons joint au-dessous de chaque infraction les diverses pénalités qui sont applicables et la juridiction qui doit en connaître.

Les articles sont indiqués par leur chiffre; nous n'avons mis une mention spéciale, que lorsque l'article appartient à une loi autre que la loi du 29 juillet 1881 qui est indiquée par la lettre L; de même le mot Circulaire s'applique à la circulaire de M. le Garde des sceaux en date du 9 novembre 1881.

CODE DE LA PRESSE

Absence de la signature du gérant au bas de chaque exemplaire d'un écrit périodique.

Le gérant doit signer chaque exemplaire déposé au parquet et à la préfecture, au moment de la livraison de chaque feuille ou livraison du journal ou écrit périodique :

> Amende, 50 fr. pour le gérant, art. 10 L. Police correctionnelle.

Absence du nom imprimé du gérant. — Le nom du gérant sera imprimé au bas de tous les exemplaires :

> Amende de 15 à 100 fr. pour l'imprimeur par chaque numéro publié en contravention, art. 11 L. Pol. cor.

Absense du nom de l'imprimeur, du domicile de l'imprimeur. — L'indication du nom et du domicile de l'imprimeur doivent figurer sur tout imprimé rendu public ;

Excepté sur les ouvrages dits de ville ou bilboquets :

> Amende de 5 à 15 fr. pour l'imprimeur. Emprisonnement du un à cinq jours facultatif, en cas de récidive dans l'année; art. 2 L. Pol. cor.

Acte d'accusation ou tout autre acte de procédure criminelle ou correctionnelle ne peut pas être publié avant qu'il n'en ait été donné lecture en audience publique :

> Amende de 50 à 1,000 fr., art. 38 L. Pol cor.

Action civile. — L'action civile résultant du délit de diffamation envers les cours, tribunaux, armées de terre ou de mer, corps constitués, administrations publiques, un ou plusieurs membres du ministère, un ou plusieurs membres de l'une ou l'autre Chambre, un fonctionnaire public, un dépositaire ou agent de l'autorité publique, un ministre de l'un des cultes salariés par l'État, un citoyen chargé d'un service public ou d'un mandat temporaire ou permanent, un juré ou un témoin, à raison de sa déposition, ne peut être poursuivie séparément de l'action publique :

> Art. 46 L.

Voir *procédure, prescription, poursuite, compte rendu.*

Actions des chemins de fer. — Publication de leur valeur avant l'homologation de l'adjudication :

> Amende de 500 à 3,000 fr., loi du 15 juillet 1845, art. 13. Pol. cor.

Actions des Sociétés en commandite ou anonymes. — Publication de leur valeur, alors qu'elle n'est pas égale à celle fixée par la loi, ou que la forme de l'action est contraire aux dispositions légales ou que le versement du quart n'a pas été effectué sur chaque action.

> Amende de 500 à 1,000 fr., art. 14, 16, 45, loi du 24 juillet 1847, art. 463 du code pénal applicable. (1)

Affichage. — Places affectées. — Dans chaque commune le maire désigne, par un arrêté, les lieux exclusivement destinés à recevoir les affiches des lois et actes de l'autorité publique. — Interdiction d'y placarder des affiches particulières :

---

(1) La loi du 29 juillet 1881 a abrogé toutes les lois antérieures : la jurisprudence décidera si les deux dispositions relatives aux actions commerciales sont comprises dans l'abrogation générale.

Amende de 5 à 15 fr. Emprisonnement facultatif de un à cinq jours en cas de récidive dans l'année, art 15, 2, L. Simple police.

Affichage. — Couleur du papier.

— Les affiches des actes émanés de l'autorité seront seules imprimées sur papier blanc.

Amende de 5 à 15 fr. Emprisonnement facultatif de un à 5 jours, en cas de récidive dans l'année, art. 15 § 2 L. Simp. pol.

Affiches. — Timbres.

Par feuille de 12 décimètres 1/2 carrés et au-dessus	0.06	
Au-dessus de 12 décimètres 1/2 jusqu'à 25 décimètres en carré	0.12	double décime compris.
Au-dessus de 25 décimètres jusqu'à 50 décimètres carrés	0.18	
Au-delà de cette dernière dimension	0.24	

Dans le cas où une affiche contiendrait plusieurs annonces distinctes, le maximum ci-dessus fixé sera toujours exigible. Ce maximum sera doublé si l'affiche contient plus de cinq annonces.

Amende 20 fr. pour l'imprimeur, art. 474 cod. pén. pour l'afficheur, art. 69 loi du 28 avril 1816, modifié par l'art. 10 de la loi du 16 juin 1824. Loi du 18 juillet 1866, art. 4.

Affiches. — Timbres mobiles. — Les

papiers destinés à l'impression des affiches pourront être timbrés au moyen de timbres mobiles.

Art. 6, loi du 27 juillet 1870, § 2 rend applicable l'article 21 de la loi du 11 juin 1859, en vertu duquel l'usage, la vente, de timbres mobiles ayant servi sont punis de 50 à 1,000 fr. d'amende. En cas de récidive amende double ; emprisonnement de 5 jours à un mois, art. 463 applicable. Pol. cor.

Affiches de remèdes secrets. —

Voir article 36 loi du 21 germinal an XI, loi du 20 pluviose an XIII de 25 à 600 fr. amende ; de 3 à 10 jours d'emprisonnemént en cas de récidive, maintenu circulaire. Pol. cor.

Affiches électorales. — Timbre. — Exemption. — Loi du 11 mai 1868, article 3 §2.

Sont affranchies du timbre les affiches électorales d'un candidat contenant sa profession de foi, une circulaire signée de lui ou portant seulement son nom.

D'après la circulaire du directeur de l'enregistrement à la suite de la loi du 11 mai 1868, il est dit que :

La loi n'affranchit pas du timbre les affiches émanées d'un tiers, d'un auxiliaire. d'un ami qui voudrait soutenir une candidature de son choix.

L'affiche électorale, affranchie du timbre, est celle qui contient en quelque sorte la manifestation personnelle du candidat, sa circulaire, sa profession de foi.

Affiches électorales. — Timbre.

— L'article 3 § 3 de la loi du 11 mai 1868 reste toujours applicable en ce qui concerne le timbre.

En conséquence, sont seules affranchies du timbre les affiches électorales d'un candidat contenant sa profession de foi, une circulaire signée de lui, ou seulement son nom. Les affiches émanées d'un tiers, d'un auxiliaire, d'un ami qui voudrait soutenir la candidature de son choix, ne sont point dispensées de cette formalité.

(Circulaire du Ministre de l'Intérieur en date du 30 juillet 1881).

Affiches apposées par ordre de l'Administration. — Il est interdit d'enlever, déchirer, recouvrir ou altérer par un procédé quelcon-

que de manière à les travestir ou à les rendre illisibles, des affiches apposées par ordre de l'administration dans les emplacements à ce réservés.

> Amende de 5 à 15 fr., art. 17 § 1er. L. Simp. pol.

Si le fait est commis par un fonctionnaire ou agent de l'autorité publique :

> Amende de 16 à 100 fr. ; emprisonnement de six jours à un mois ou de l'une de ces deux peines, art. 17 § 2. L. Pol. cor.

Affiches de loteries. — Voir *billets de loteries.*

Affiches peintes. — L'article 68 de la loi du 29 juillet 1881, en proclamant la liberté de l'affichage n'a eu d'autre objet que d'abroger les dispositions du décret du 25 août 1852, qui obligeaient l'individu qui veut apposer les affiches à se munir de l'autorisation préalable de l'autorité ; mais elle n'a porté aucune atteinte aux prescriptions de la loi du 8 juillet 1852, dont on ne saurait méconnaître le caractère purement fiscal. Aucun motif en conséquence ne fait obstacle à ce que l'article 30 de cette loi ne soit appliqué et que la partie du décret du 25 août 1852 qui a un rapport direct à l'exécution de cette loi ne soit également observée.

> En conséquence les affiches peintes restent assujetties au timbre (loi du 8 juillet 1852), (décision des ministres des finances et de la justice, 31 mars 1882).

Affiches électorales. — Il est interdit d'enlever, déchirer, recouvrir ou altérer par un procédé quelconque, de manière à les travestir ou à les rendre illisibles des affiches électorales, émanant de simples particuliers :

> Amende 5 à 15 fr., art. 17 § 3. L. Simp. pol.

Toutefois si le fait est commis par le propriétaire du lieu sur lequel l'affichage a été fait il n'y a pas de peine.

Si le fait est commis par un fonctionnaire ou agent de l'autorité publique :

> Amende de 16 à 100 fr., emprisonnement de 6 jours à 1 mois, art. 17 § 4. L. Pol. cor.

Toutefois si les affiches ont été apposées sur les emplacements réservés aux actes de l'autorité, il n'y a pas de peine.

Affiches électorales. — Emplacements.

— Les professions de foi, circulaires et affiches électorales pourront être placardées, à l'exception des emplacements réservés pour les affiches des lois et autres actes de l'autorité publique, sur tous les édifices publics autres que les édifices consacrés aux cultes, et particulièrement aux abords des salles du scrutin.

> Art. 16 de la loi. L.

NOTE DU RAPPORTEUR A LA CHAMBRE DES DÉPUTÉS.

Le Sénat, contrairement aux conclusions de la commission, a cru devoir excepter des lieux où pourront être apposées les affiches électorales, les murs des édifices consacrés aux cultes; on serait en droit de se demander, en présence d'une disposition aussi anormale, comment pourra s'effectuer cet affichage essentiel dans les petites communes, si d'une part les maires réservent, ainsi que l'art. 16 leur en donne le droit, les murs des mairies et des écoles publiques et si d'autre part la loi nouvelle réserve les murs des églises.

On serait tenté de se le demander, si on ne comptait pendant les périodes électorales sur la tolérance, l'esprit conciliant et le patriotisme des municipalités.

Affichage de jugements. — Les tribu-

naux peuvent, dans les causes dont ils seront saisis, prononcer même d'office l'affiche et l'impression de leurs jugements :

> Art. 1036 code de procédure civile.
> Arrêt de Paris 21 janvier 1841, arrêt de Lyon 17 mars 1875, décident que celui au profit de qui l'insertion est ordonnée sans limitation, peut publier le jugement dans son intégralité, et n'est pas tenu de se limiter à un simple extrait.

Les tribunaux peuvent ordonner l'affichage de leurs jugements, en vertu de l'art. 6 de la loi du 27 mars 1851, sur la répression de certaines fraudes dans la vente des marchandises ; lequel article est ainsi conçu :

> Le tribunal pourra ordonner l'affiche du jugement dans les lieux qu'il désignera, et son insertion intégrale ou par extrait dans tous les journaux qu'il désignera, le tout aux frais du condamné.

Annonces de loteries. — Voir *billets de loteries*.

Annonces. — Interdiction d'annoncer l'ouverture de souscriptions ayant pour objet d'indemniser des amendes, frais et dommages-intérêts prononcés par des condamnations judiciaires en matière criminelle et correctionnelle.

> Emprisonnement de 8 jours à 6 mois, amende de 100 à 1,000 fr. ou l'une de ces deux peines, art. 40.

Annonces judiciaires. — Décret du 26 décembre 1870 :

« Provisoirement et jusqu'à ce qu'il en ait été autrement ordonné, les annonces judiciaires et légales pourront être insérées aux choix des parties, dans l'un des journaux publiés en langue française dans le département.

« Néanmoins toutes les annonces judiciaires relatives à une

même procédure de vente seront insérées dans le même journal. »

Art. 23, décret du 17 février 1852.

Annonces de remèdes secrets.

— Voir *affiches de remèdes secrets.*

Annonces. — Système métrique.

— Loi du 4 juillet 1837,

A interdit, à partir du 1er janvier 1840, l'emploi dans les actes publics, dans les *avis* et *annonces* de toutes dénominations de poids et mesures autres que celles portées dans le tableau annexé de cette loi, et établies par la loi du 18 germinal an III.

> Amende de 20 fr. pour les officiers publics, amende de 10 fr. pour les autres contrevenants. Cette amende est recouvrée sur contrainte comme en nature d'enregistrement.

Annonces sur la voie publique

de feuilles quotidiennes périodiques, jugements et autres actes, ne peuvent être faites autrement que par leurs titres.

> Amende de 25 à 200 fr. ; emprisonnement de 6 jours à un mois, art. 2 et 7 loi du 10 décembre 1830 ; art. 463 applicable en vertu de l'art. 8 même loi.

Appel. — Voir *procédure. — Poursuite.*

Attroupement. — Voir *provocation.*

Auteurs. — Voir *personnes punissables. — Procédure. — Poursuite.*

Avocats. — Les juges saisis de la cause et statuant sur le fond, peuvent faire des injonctions aux avocats et offi-

ciers ministériels, et même les suspendre de leurs fonctions, dans le cas de discours injurieux ou diffamatoires ; maximum 2 mois, en cas de récidive dans l'année, 6 mois.

Art. 41, § 4, L.

Billets de loteries (non autorisées).

— Ceux qui auront colporté ou distribué des billets de loteries non autorisées, ceux qui par des avis, annonces, affiches ou tout autre moyen de publication auront fait connaître l'existence de ces loteries ou facilité l'émission des billets seront punis :

Emprisonnement de 15 jours à 3 mois, amende de 100 à 2,000 fr., art. 4, § 2, loi du 21 mai 1836, 411 cod. pén.

A excepter les loteries de bienfaisance et d'encouragement aux arts, autorisées dans les formes présentes par les règlements d'administration publique.

Circulaire ministérielle du 9 novembre 1881. Pol. cor.

Circonstances atténuantes.

— L'article 463 du code pénal est applicable à toutes les infractions commises par la voie de la presse ; en cas d'admission des circonstances atténuantes, la peine prononcée ne pourra excéder la moitié de la peine édictée par la loi.

Art. 64. L.

Voyez *peines*.

Citation en matière correctionnelle.

— Conformément au code d'instruction criminelle *délai de trois jours*.

Par exception délai de 24 heures pendant la période électorale, en cas de diffamation contre un candidat à une fonction élective.

La citation doit contenir :

1° Election de domicile dans laquelle siège le tribunal, art
· 183. Instruction criminelle.

2° Précision des faits......................... ⎫
3° Qualification des faits..................... ⎬ Art. 60.
4° Indication du texte de loi .... ⎭

. Le tout à peine de nullité.

Voir *procédure, poursuite.*

Citation en cour d'assises. — Délai

cinq jours francs, outre un jour par cinq myriamètres.

Art. 51. L.

· Délai de douze jours francs, outre un jour par cinq myriamètres en matière de diffamation.

Art. 52. L.

. Voir *procédure, poursuite.*

Citation en cour d'assises. —
Texte. — La citation contiendra : 1° L'indication pré-

cise des écrits, des imprimés, placards, dessins, gravures,
peintures, médailles, emblèmes ; des discours ou propos
publiquement proférés ;

2° La qualification des faits ;

3° L'indication des textes de loi ;

4° La copie de l'ordonnance du président obtenue à la
requête du plaignant.

5° L'élection de domicile dans la ville ou siège la Cour
d'assises.

6° Notification au prévenu, au ministère public.

Le tout à peine de nullité, art. 50. L.

Voyez *poursuite, procédure.*

Colporteurs. Déclaration préa-
lable. — Celui qui veut exercer la profession de colpor-

teur sur la voie publique ou tout autre local public ou privé, de livres, écrits, brochures, journaux, dessins, gravures, lithographies, photographies, doit faire la déclaration à la Préfecture du département où il a son domicile.

En ce qui concerne les journaux et autres feuilles périodiques, la déclaration à la mairie de la commune dans laquelle doit se faire la distribution suffit.

La déclaration faite à la sous-préfecture est valable pour l'arrondissement.

> Art. 18. L.

Colporteur. — Déclaration. — Contenu. — La déclaration contiendra les nom, prénoms, profession, domicile, âge et lieu de naissance du déclarant.

Il sera délivré immédiatement un récépissé sans frais.

> Décision du ministre des finances, 20 juin 1880.

Sont exempts du timbre les récépissés des déclarations faites pour l'exercice du colportage.

> Cette décision rendue sous l'empire de la loi du 17 juin 1880, art. 2, est motivée sur ce que ladite loi dit que le récépissé doit être délivré sans frais.
> Elle est évidemment applicable à la loi du 29 juillet 1881 donc l'art. 19 dit :
> Il sera délivré un récépissé sans frais.
> Art. 19. L.

Colporteur. — Contraventions. — Le colporteur qui n'a pas fait de déclaration, qui a fait déclaration fausse, qui ne présente pas le récépissé est puni de :

> Amende de 5 à 15 fr. ; emprisonnement facultatif de 1 à 5 jours ; emprisonnement obligatoire en cas de récidive, art. 20. L. Simp. pol.

Colporteurs. — Complices. — Voir le mot *complices.* — *Personnes punissables.*

Colportage accidentel. — N'est assujetti à aucune déclaration.

> Art. 20. L.

Communiqué. — Le gérant doit insérer gratuitement en tête du plus prochain numéro du journal ou écrit périodique toutes les rectifications qui lui seront adressées par un dépositaire de l'autorité publique, au sujet des actes de sa fonction, inexactement rapportés par le journal ou écrit périodique.

Ces communiqués peuvent aller jusqu'au double de l'article rectifié, sans le dépasser.

> Amende de 100 à 1,000 fr. pour le gérant, art. 12. Pol. cor.

Compétence. — La cour d'assises sauf les exceptions ci-après :

Voir *procédure.* — *Poursuite.*

La compétence est d'ailleurs indiquée au-dessous de chaque article, néanmoins elle est toute entière dans le tableau ci-joint.

Compétence.

POLICE CORRECTIONNELLE.

1° Omission des dépôts des imprimés :

> Art. 3, 4, 9. L.

2° Défaut de gérance :

> Art. 6, 7, 9. L.

3° Omission ou irrégularité de la déclaration des journaux ou écrits périodiques :

Art. 7, 8, 9. L.

4° Omission ou irrégularité de la déclaration des mutations :

Art. 7, 9. L.

5° Omission du dépôt des journaux ou écrits périodiques :

Art. 10. L.

6° Omission de l'impression du nom du gérant au bas des exemplaires :

Art. 11. L.

7° Défaut ou irrégularité de l'insertion des rectifications des dépositaires de l'autorité publique :

Art. 12. L.

8° Défaut ou irrégularité de l'insertion des réponses des particuliers :

Art. 13. L.

9° Mise en vente ou distribution des journaux étrangers dont la circulation est interdite :

Art. 14. L.

10° Lacération ou altération d'affiches administratives par un fonctionnaire public :

Art. 17, § 2. L.

11° Lacération ou altération d'affiches électorales par un fonctionnaire public :

Art. 17, § 4. L.

12° Outrages aux bonnes mœurs par dessins. gravures, peintures, emblèmes, ouvrages obscènes, affiches, écrits, imprimés :

Loi du 27 juin 1882.

2

13° Diffamation envers les particuliers : (1)

Art. 32. L.

14° Injures publiques envers les particuliers :

Art. 33, § 2. L.

15° Publication des actes de procédure criminelle et correctionnelle avant qu'ils aient été lus en audience publique :

Art. 38. L.

16° Comptes rendus des procès en diffamation où la preuve n'est pas autorisée :

Art. 39. L.

17° Compte rendus interdits par les tribunaux :

Art. 39. L.

18° Comptes rendus des délibérations des jurys, des cours et tribunaux :

Art. 39. L.

19° Ouverture ou annonce publique de souscriptions pour indemniser des condamnations criminelles ou correctionnelles :

Art. 40. L.

et les infractions prévues par quelques lois spéciales, indiquées à leur ordre alphabétique.

SIMPLE POLICE

1° Omission du nom et du domicile de l'imprimeur :

Art. 2. L.

---

(1) Diffamation envers les administrateurs, directeurs d'entreprises financières.

Voir au mot *diffamation*.

2° Affichage sur les lieux réservés aux affiches des actes de l'autorité publique :

Art. 15. L.

3° Impression d'affiches sur papier blanc :

Art. 15. L.

4° Lacération ou altération d'affiches administratives par les particuliers :

Art. 17, § 1er. L.

5° Lacération ou altération d'affiches électorales par les particuliers :

Art. 17, § 3. L.

6° Omission ou fausseté de la déclaration de colporteur ou distributeur :

Art. 21. L.

7° Défaut de présentation du récipissé :

Art. 21. L.

8° Injures non publiques :

Art. 33, § 3. L.

Complices. — Lorsque les gérants ou les éditeurs seront en cause, les auteurs seront poursuivis comme complices.

Pourront l'être au même titre et dans tous les cas, toutes personnes auxquelles l'article 60 du code pénal pourrait s'appliquer.

Art. 43.

Les colporteurs et distributeurs pourront être poursuivis conformément au droit commun s'ils ont sciemment colporté ou distribué des livres, écrits, brochures, journaux, dessins gravures, lithographies et photographies, présentant un caractère délictueux.

Art. 22 et loi du 27 juin 1882.

L'article 43 règle la complicité. Il n'est rien innové en ce qui concerne les auteurs à cet égard ;

Ils sont toujours considérés comme complices et ils doivent être poursuivis à ce titre, avec les gérants ou les éditeurs, lorsque ceux-ci sont en cause comme auteurs principaux.

Voir *personnes punissables*.

Comptes rendus. — Il est interdit de rendre compte des procès en diffamation où la preuve des faits diffamatoires n'est pas autorisée.

La plainte seule pourra être publiée par le plaignant.

Les jugements pourront toujours être publiés.

Amende de 100 fr. à 2000 fr. ; art. 39. L. Pol. cor.

Compte rendu. — Dans toute affaire civile, les Cours et Tribunaux pourront interdire le compte rendu du procès.

Le jugement pourra toujours être publié.

Amende de 100 fr. à 2 000 fr. ; art. 39. L. Pol. cor.

Compte rendu. — Il est interdit de rendre compte des délibérations intérieures, soit des jurys, soit des Cours et Tribunaux.

Amende de 100 fr. à 2.000 fr. Pol. cor.

Compte rendu —Arrêt de cassation, 18 octobre 1833. — Le caractère du compte rendu ne doit se déterminer

ni par la place qu'il occupe dans le journal, ni par la forme qu'on lui a donnée, mais par le contenu de l'article.

Compte rendu des séances publiques des deux Chambres.

— Peut donner lieu à une action en diffamation s'il est fait de mauvaise foi.

Art. 41, §. 3, L.

Compte rendu des débats judiciaires.

— Peut donner lieu à une action en diffamation s'il est infidèle et de mauvaise foi.

Art. 41, § 3, L.

Cris séditieux ou chants séditieux

— Publiquement proférés dans des lieux ou réunions publics.

Emprisonnement de six jours à un mois ; amende de 16 à 500 fr., ou l'une de ces deux peines ; art. 24, § 2. L. Cour d'assises.

Critiques, Censures, Provocations

— Dirigées par paroles ou par écrits, par les ministres des cultes contre l'autorité publique.

Note : Ces délits qui constituent bien des délits de publication, sont néanmoins maintenus, ils sont entièrement étrangers à la matière de la presse et sont classés sous la rubrique des abus d'autorité ; ils ont été d'ailleurs expressément réservés au cours de la discussion (Circulaire).

Art. 201, 202, 203, 204, 205, 206, 207, 208 du cod. pén.

Cumul des peines.

— En cas de conviction de plusieurs crimes ou délits prévus par la présente loi, les

peines ne se cumuleront pas, et la plus forte sera seule prononcée.

Art. 63, § 2. L.

Cultes. — Entraves à l'exercices du Culte. — Voir
articles 260, 261 *du code pénal, toujours en vigueur*
Outrages aux objets et ministres du culte.

Art. 262, 263, code pén. toujours en vigeur. Pol. cor.

Déclaration.—Avant la publication de tout journal on écrit périodique, il sera fait, au parquet du Procureur
de la République, une déclaration contenant :

1° Le titre du journal ou écrit périodique ;
2° Le mode de publication ;
3° Le nom et la demeure du gérant ;
4• L'indication de l'imprimerie où il doit être imprimé ;
5° Le tout sur papier timbré ;
6• Portant la signature du gérant.
Il sera donné récépissé.

Déclaration (Omission de)

De 50 fr. à 500 fr. d'amende contre le gérant, à défaut
contre l'imprimeur ; art. 9. § 1. L. Pol. cor.

En cas de publication irrégulière après cette condamnation :

Amende de 100 fr. par numéro contre les mêmes personnes solidairement.
Le jugement peut ordonner, par défaut, l'exécution provisoire, nonobstant opposition ou appel.

Déclaration. — Colporteur. — Voir
au mot *Colporteur.*

Déclaration. — Distributeur. —

Voir au mot *Distributeur*.

Déclaration. — Mutations. — Toute

mutation dans les termes de la déclaration relative au journal ou écrit périodique, doit être déclarée dans les cinq jours.

En cas de contravention les mêmes peines que pour l'omission de déclaration.

Art. 9. L. Pol. cor.

Défaut de gérance. — Tout journal ou écrit

périodique doit avoir un gérant.

Le gérant devra : 1° être français ; 2° majeur ; 3° avoir la jouissance de ses droits civils ; 4° n'être privé de ses droits civiques par aucune condamnation judiciaire.

Art. 6. L.

Avant la publication, le nom et la demeure du gérant seront déclarés au Parquet.

En cas de contravention les mêmes peines que pour l'omission de déclaration.

Art. 7. L. Pol. cor.

Voir *déclaration*.

Dépôt par l'imprimeur. — A Paris, au

ministère de l'intérieur ; au chef-lieu de département, à la Préfecture; au chef-lieu d'arrondissement, à la Sous-Préfecture; dans les autres villes, à la Mairie.

Au moment de la publication de tout imprimé :

De deux exemplaires destinés aux collections nationales ;

De trois exemplaires pour les estampes, la musique et en général les reproductions autres que les imprimés.

L'acte de dépôt doit mentionner :

   1° Le titre de l'imprimé ;

   2° Le chiffre du tirage.

Exception pour :

   1° Les bulletins de vote ;

   2° Les circulaires commerciales ;

   3° Les circulaires industrielles ;

   4° Ouvrages de ville ou bilboquets.

> Contravention de 16 fr. à 300 fr. d'amende ; art. 3, 4. L.
> Pol Cor.

Dépôt par le gérant. — Au chef-lieu
d'arrondissement : au Procureur de la République.

Dans les autres villes où il n'y pas de tribunal : à la mairie,

Au moment de la publication de :

   Chaque feuille,

   Ou livraison de journal,

   Ou écrit périodique,

De deux exemplaires signés du gérant.

> Contravention, 50 fr. d'amende pour le gérant. Art. 10.
> L. Pol. cor.

Dépôt par le gérant. — A Paris et la
Seine : au ministère de l'intérieur ;

Les autres départements : A la Préfecture,

                Ou à la Sous-Préfecture,

                Ou à la Mairie,

Au moment de la publication de :

   Chaque feuille,

   Ou livraison du journal,

   Ou écrit périodique,

De deux exemplaires signés du gérant.

> Contravention, amende 50 fr. pour le gérant. Art. 10 L.
> Pol. cor.

Désistement. — En nature de diffamation et d'injure envers les particuliers, le désistement du plaignant arrêtera la poursuite commencée.

Art. 60. § 6.

Dessins. — La vente. l'offre. l'expédition, l'affichage, la distribution gratuite sur la voie publique de dessins obscènes, sont punis de :

1 mois à 2 ans d'emprisonnement, de 16 à 3,000 fr. d'amende.

Complice poursuivi.

Art. 463 applicable. Loi du 27 juin 1882. Pol. cor.

Diffamation — Toute allégation ou imputation d'un fait qui porte atteinte à l'honneur ou à la considération de la personne ou du corps auquel le fait est imputé est une diffamation.

Art. 29.

Diffamation. — Peines. — Envers les :

1° Cours et tribunaux ;
2° Armées de terre ou de mer ;
3° Les corps constitués ;
4° Les administrations publiques à raison de leurs fonctions ou de leur qualité ;
5° Un ou plusieurs membres du ministère ;
6° Un ou plusieurs membres de l'une ou de l'autre Chambre ;
7° Un fonctionnaire public ;
8° Un dépositaire ou agent de l'autorité publique ;
9° Un ministre de l'un des cultes salariés par l'Etat ;

10° Un citoyen, chargé d'un ministère de service public, temporaire ou permanent ;

11° Un citoyen chargé d'un mandat public temporaire ou permanent ;

12° Un juré ;

13° Un témoin, à raison de sa déposition :

> Emprisonnement de 8 jours à un an. — Amende de 100 à 3,000 fr., ou l'une de ces deux peines. Art. 31. 32. L. Cour d'assises.

Dans ces cas, 1° la preuve du fait diffamatoire est admise.

> Art. 35. L.

2° La publicité des débats est permise.

> Art. 39. L.

3° L'action civile résultant des délits, ne pourra, sauf dans le cas de décès de l'auteur du fait incriminé, être poursuivie séparément de l'action publique.

Voyez *procédure, poursuite, prescription.*

Diffamation envers les particuliers.

> Emprisonnement de 5 jours à six mois ; amende de 25 fr. à 2,000 fr. ou l'une de ces deux peines. Art. 32. Pol. cor.

1° La preuve du fait diffamatoire ne peut pas être établie.

> Art. 35. L.

2° Le compte rendu des débats est interdit.

> Art. 39. L.

3° L'action civile peut être poursuivie séparément de l'action publique.

> Art. 46. L. Pol. cor.

Voir *poursuite, procédure.*

Diffamation. — Envers les directeurs et administrateurs de toute entreprise industrielle, commerciale ou financière, faisant publiquement appel à l'épargne.

Les personnes ci-dessus désignées ne se trouvent pas dans l'énumération contenue dans les art. 30 et 31.

La peine à appliquer ne peut être que celle qui est indiquée à l'article 32, à raison d'une diffamation commise envers un particulier ;

C'est donc le tribunal correctionnel qui est compétent, et devant ce tribunal on peut faire la preuve des faits diffamatoires ou injurieux.

Dans les formes et délais prescrits par l'article 52. (Loi du 29 juillet 1881) — Cassation. Arrêt conforme 29 juin 1882. — Arrêt Montpellier, 27 novembre 1882.

Art. 35, § 2.

Diffamation. — Exception. — Discours. — 1° Les discours tenus dans le sein de l'une des deux chambres ;

2° Les rapports ou autres pièces imprimées par ordre de l'une des deux chambres,

3° Les comptes rendus des séances des deux chambres faits de bonne foi,

4° Les comptes rendus fidèles, faits de bonne foi, des débats judiciaires,

5° Les discours prononcés devant les tribunaux,

6° Les écrits produits devant les tribunaux,

Ne donnent lieu à aucune action.

Art. 41.

Discours injurieux, outrageants diffamatoires. — Les juges saisis de la cause peuvent en ordonner la suppression.

Ils condamnent qui il appartiendra à des dommages-intérêts;

Les juges peuvent adresser des injonctions :

Aux officiers ministériels, aux avocats,

Avec droit de suspension, 2 mois maximun.

En cas de récidive dans l'année : 6 mois maximum.

Les faits diffamatoires étrangers à la cause donnent ouverture soit à l'action publique, soit à l'action civile, si cette action est réservée ; dans tous les cas à l'action civile des tiers.

Art. 41.

Diffamation. — Suspension de la poursuite.

— Lorsque le fait imputé est l'objet de poursuites commencées à la requête du ministère public, ou d'une plainte de la part du prévenu, il sera, durant l'instruction qui devra avoir lieu, sursis à la poursuite et au jugement du délit de diffamation.

Art. 35 § 4. L.

Diffamation envers la mémoire des morts.

— Les articles 29, 30, 31 de la loi ne seront applicables aux diffamations ou injures dirigées contre la mémoire des morts que dans le ·cas où les auteurs de ces diffamations ou injures auraient eu l'intention de porter atteinte à l'honneur ou à la considération des héritiers vivants.

Art. 34, § 1er. L.

A prendre cet article dans son texte étroit ; la diffamation envers les personnes ayant eu de leur vivant un caractère public serait seule prévue, et cependant il y a dans le texte une erreur évidente.

En effet, au moment où la discussion avait lieu au Sénat, l'article 29 de la loi contenant la définition de la diffamation et de l'injure porte le n° 28 ; le numéro 29 prévoit la diffamation envers les particuliers.

L'article relatif à la diffamation envers la mémoire des morts forme le § 4 de l'article 32 et il est ainsi conçu :

Les articles 28, 29, 31 ne seront applicables aux diffamations ou injures envers la mémoire des morts, que dans le cas où les auteurs de ces diffamations ou injures auraient eu l'intention de porter atteinte à l'honneur ou à la considération des héritiers vivants.

Il est évident que cet article, en se référant à l'article 29, a visé l'article 29 tel qu'il venait d'être voté le même jour par le Sénat, c'est-à-dire la diffamation envers les particuliers, et non l'article 29 définitif qui ne contient que la définition de la diffamation.

Discours. — Ne donnent lieu à aucune action :

1° Les discours tenus dans le sein de l'une des deux Chambres ;

2° Les discours prononcés devant les tribunaux.

Art. 41. § 1er § 3. L.
Droit de suppression art. 41, §§ 3 et 4.

Distributeur. — Le distributeur sur la voie publique ou en tout autre lieu public ou privé, est tenu aux mêmes obligations que le colporteur.

Voir le mot *colporteur*.

Art. 18, 19, 20, 21, 32 applicables. L.

Enchères. — Entraves. — Ceux qui, dans les adjudications de la propriété, de l'usufruit ou de la location des choses mobilières ou immobilières d'une entreprise. d'une fourniture, d'une exploitation ou d'un service quelconque, auront entravé ou troublé la liberté des enchères ou des soumissions par voies de fait, violences ou menaces, soit avant, soit pendant les enchères ou les soumissions, seront punis :

> Emprisonnement de quinze jours à trois mois ; amende de 100 fr. à 5.000 fr.
>
> Même peine pour ceux qui auront écarté les enchérisseurs. Art. 412. Cod. pén. Pol. cor.

Ecrits. — Les écrits produits devant les Tribunaux, ne donneront lieu à aucune action.

> Art. 41, § 2.

Ecrits obcsènes. — Emblêmes obscènes. — Voyez *Dessins*.

> Mêmes peines.

Exécution provisoire. — L'exécution provisoire nonobstant opposition ou appel, peut être ordonnée dans les cas prévus par l'article 9 de la Loi.

Voir le mot *Déclaration*.

Faits diffamatoires. — Pourront, toutefois les faits diffamatoires étrangers à la cause, donner ouverture soit à l'action publique, soit à l'action civile des parties, lorsque ces actions leur auront été réservées par les Tribunaux, et, dans tous les cas, à l'action civile des tiers.

> Art. 41, § 5. L.

La loi du 28 juillet 1828 complétait la disposition de l'art. suivant, art. 17 :

Lorsque les Tribunaux auront, pour les faits diffamatoires étrangers à la cause, réservé soit l'action publique, soit l'action civile des parties, les journaux ne pourront publier ces faits, ni donner l'extrait des mémoires qui les contiendraient sous peine de 2,000 fr. d'amende.

La loi du 29 juillet 1881 a abrogé toutes les lois antérieures ; la loi du 18 juillet 1828 a donc cessé d'être applicable, d'où la conséquence que les publications dans les cas prévus par l'art. 41 § 5, de la loi du 29 juillet 1881 et l'art. 17 de la loi du 18 juillet 1828, tombent sous le droit commun et que les auteurs peuvent être poursuivis pour diffamation.

Fausses nouvelles. — La publication de nouvelles fausses faite de mauvaise foi et de nature à troubler la paix publique est interdite.

> Amende de 50 fr. à 1.000 fr. ; emprisonnement de, un mois à un an ou l'une de ces deux peines ; art. 27. L. Pol. cor.

Note : L'article 27 n'a pas reproduit les distinctions du décret de 1852 sur les fausses nouvelles simples, de mauvaise foi ou de nature à troubler la paix publique; il ne les punit qu'autant qu'elles ont été publiées de mauvaise foi ou qu'elles ont apporté un trouble réel à la paix publique.

La loi ne définit pas ce trouble : ce sera aux Tribunaux à l'apprécier dans chaque espèce.

Fausses nouvelles — À l'aide desquelles on a opéré la hausse ou la baisse des marchandises ou effets publics.

> Art. 419, 420, cod. pén. Emprisonnement de un mois à un an ; amende de 500 fr. à 10,000 fr. ; surv.
> Emprisonnement de un mois à deux ans; amende de 1.000 fr. à 20.000 fr., quand il s'agit de grains, substances farineuses, pain, vin ou autres boissons. Pol. cor.

Fausses nouvelles — Ayant surpris ou détourné des suffrages ou déterminé des abstentions.

Art. 45, 40, décret du 2 février 1852.
La même peine pour les deux délits.
De un mois à un an : de 100 fr. à 2.000 fr. d'amende ;
art. 463, applicable. Pol. cor.

Gérant. — Tout journal ou écrit périodique aura un gérant.

Le gérant devra être : 1° français ; 2° majeur ; 3° avoir la jouissance de ses droits civils ; 4° n'être privé de ses droits civiques par aucune condamnation antérieure.

Amende de 50 fr. à 500 fr. ; art. 6, L. Pol. cor.

Voyez : *Défaut de gérance.*

Gérant. — Le nom et la **demeure** du gérant doivent être indiqués avant toute publication.

Art. 7, 9. L. Contravention de 50 à 500 fr. Pol. cor.

Voyez : *Défaut de gérant.*

Gérant. — Signature. — Le gérant doit signer chaque exemplaire déposé au Parquet et à la Préfecture en vertu de l'article 10, au moment de la publication de chaque feuille ou livraison du journal ou écrit périodique.

Amende 50 fr. pour le gérant, art. 10. L. Pol. cor.

Gérant. — Nom imprimé. — Le nom du gérant sera imprimé au bas de tous les exemplaires.

Amende de 16 à 100 fr. pour l'imprimeur, art. 11. L. Pol. cor.

Gérant tenu d'insérer gratuitement, en tête du plus prochain numéro, toute rectification d'un dépositaire de l'autorité.

Amende de 100 à 1,000 fr., art. 12. L.

Voir le mot *Communiqué.*

Gérant — Tenu d'insérer dans les trois jours de leur réception ou dans le plus prochain numéro, s'il n'en est pas publié avant les trois jours :

Les réponses de toute personne nommée ou désignée,

A la même place et aux mêmes caractères que l'article qui l'a provoquée,

Gratuite quand la réponse n'excède pas le double.

Pour le surplus, prix des annonces judiciaires.

> Amende de 50 à 500 fr. pour le gérant sans préjudice des dommages-intérêts, art. 13. L. Pol. cor.

Gravures obscènes. —
Voyez *dessins*.

> Même peine.

Huis clos. — Les tribunaux ne peuvent pas interdire les comptes rendus en matière criminelle ou correctionnelle.

Mais ils conservent le droit d'ordonner le huis clos, dans tous les cas où la publicité constituerait un danger pour l'ordre et les mœurs.

> L'article 81 de la Constitution du 4 novembre 1848 est toujours en vigueur. (Circulaire du 9 novembre 1881).

Images obscènes. —
Voyez *dessins*.

> Même peine.

Imprimerie. — L'imprimerie est libre.

> (Art. 1er de la loi du 29 juillet 1881).

Imprimeur. — Nom et domicile —

Doivent figurer sur tout imprimé rendu public, excepté les ouvrages dits de ville ou bilboquets.

> Amende de 5 à 15 fr., emprisonnement facultatif de 1 à 5 jours, en cas de récidive dans l'année. Art. 2. Simp. pol.

Imprimeur. — L'indication de l'imprimerie doit

être donnée avant la publication du journal ou écrit périodique.

> Amende de 50 à 500 fr., art. 7, 9. L. Pol. cor.

Imprimeur. — Le nom du gérant sera imprimé

au bas de tous les exemplaires à peine contre l'imprimeur de 16 à 100 fr. par chaque numéro publié.

> Amende de 16 à 100 fr. contre l'imprimeur, art. 11. L. Pol. cor.

Imprimeur. — Dépôt. — L'imprimeur doit,

au moment de la publication, faire le dépôt de tout imprimé : 2 exemplaires,

L'acte de dépôt mentionne :

1° Le titre de l'imprimé ;

2° le chiffre du tirage :

A Paris, au ministère de l'intérieur ;

Au département, à la Préfecture ;

A l'arrondissement, à la Sous-Préfecture ;

Aux autres villes à la Mairie.

Exception pour :

1° Les bulletins de vote ;

2° Circulaires commerciales ou industrielles ;

3° Ouvrages dits de ville ou bilboquets.

Amende de 16 à 300 fr. pour l'imprimeur, art. 3. L.
Pol. cor.

Imprimeur. — Dépôt. —

Pour les estampes,

La musique,

Les reproductions autres que les imprimés :

Trois exemplaires.

Art. 4. L. Même pénalité, même juridiction.

Imprimeurs. — Voir *personnes responsables ; complices*.

Injure. — Toute expression, terme de mépris, invective qui ne renferme l'imputation d'aucun fait est une injure.

Injure. — Peines. — L'injure commise par les moyens (voir le mot *moyens*) envers les corps et les personnes désignées par les articles 30 et 31, à l'occasion de l'exercice des fonctions est punie de :

Six jours à trois mois d'emprissonnement ; amende de
18 fr. à 500 fr. ou l'une de ces deux peines ; art. 33, § 1.
L. C. d'as.

Injures publiques, envers les particuliers. — Lorsque l'injure *n'aura été précédée d'aucune provocation*, sera punie de :

Emprisonnement de 5 jours à 2 mois : art. 33,
§ 2. L. ; amende de 16 fr. à 300 fr. ou l'une de ces deux
peines. Pol. cor.

Voir *provocation*.

Injure non publique.

Amende de 1 fr. à 5 fr ; art. 32, § 3. L. Simp. pol.

Insertion — A la requête d'un dépositaire de l'autorité. — Voir *Communniqué*.

Insertion — A la requête d'un particulier. — Voir *Gérant* ; *Rectification*.

Insertion — A la requête *des héritiers* d'une personne décédée ;
En cas de refus :

> Amende de 50 fr. à 500 fr. ; dom.-int. ; art. 34, 13, L. Pol. cor.

Insertion — De jugement peut être ordonnée en vertu de l'article 1036 du code de procédure. D'après arrêt de Paris, 21 janvier 1841 ; arrêt de Lyon, 17 mars 1875. Celui au profit de qui l'insertion est ordonnée sans limitation, peut publier le jugement dans son intégralité, et n'est pas tenu de se limiter à un simple extrait.

Insertion interdite. — Acte d'accusation ou tout autre acte de procédure criminelle ou correctionnelle, ne peut être publié avant qu'il n'en ait été donné lecture en audience publique.

> Amende de 50 fr. à 1,000 fr. ; art. 38. L. Pol. cor.

Journaux. — Tout journal ou écrit périodique peut être publié :
1° Sans autorisation préalable ;
2° Sans dépôt de cautionnement ;
3° Après la déclaration préalable : Voir les mots *déclaration*; *dépôt* ; *gérant* ; *imprimeur*.

Journaux étrangers. — La circulation du

journal étranger peut être interdite par décision en Conseil des ministres.

La circulation d'un numéro peut être interdite par décision du Ministre de l'intérieur.

En cas de mise en vente ou distribution faite au mépris de l'interdiction :

Amende de 50 fr, à 500 fr. ; art. 14. L. Pol. cor.

Librairie. — La librairie est libre.

Art. 1er.

Moyens de publication. — Ces moyens qui sont visés dans un grand nombre de textes, sont énumérés dans les articles 23 et 28 :

ART. 23. — *Discours.* — Cris ou menaces proférés dans des réunions ou lieux publics. — *Ecrits.* — Imprimés vendus ou distribués, mis en vente, exposés dans des lieux ou réunions publics. — *Placards* ou affiches exposés aux regards du public.

ART, 28. — *Dessins, gravures, peintures, emblêmes, images :* Exposés aux regards du public, mis en vente, colportés, distribués.

Nouvelles fausses. — Voyez *fausses nouvelles.*

Offense. — L'offense au Président de la République par l'un des moyens (23, 28), est puni de :

Emprisonnement de 3 mois à 1 an ; amende de 100 à 500 fr. ou de l'une de ces deux peines ; art. 26. L. C. d'as.

Offense. — L'offense commise publiquement envers les chefs d'Etats étrangers, est punie de :

> Emprisonnement de 3 mois à 1 an ; amende de 100 à 3,000 fr. ou de l'une de ces deux peines ; art. 36. L. C. d'as.

Officiers ministériels. — Dans le cas où des discours injurieux, outrageants et diffamatoires, seraient tenus aux audiences, les juges saisis de la cause et statuant sur le fond, ont le droit :

1° De prononcer la suppression des discours ;

2° De condamner, qui il appartiendra, à des dommages-intérêts ;

3° De faire des injonctions aux officiers ministériels ;

4° De suspendre lesdits officiers ministériels :

> 2 mois maximum pour la première fois.

> 6 mois maximum en cas de récidive dans l'année.

> Art. 41, § 4. L.

Est compétent seul, le tribunal saisi de la cause et statuant sur le fond.

Outrage commis publiquement envers :

Les ambassadeurs ;

Les ministres plénipotentiaires ;

Les envoyés ;

Les chargés d'affaires ;

Les autres agents diplomatiques accrédités près du gouvernement :

> Emprisonnement de 8 jours à 1 an ; amende de 50 fr. à 2,000 fr. ou de l'une de ces deux peines ; art. 37. L. C. d'as.

Outrage aux bonnes mœurs. —

Commis à l'aide d'un des moyens (voyez le mot *moyens*) des articles 23 et 28.

> Emprisonnement de 1 mois à 2 ans ; amende de 16 fr. à 2,000 fr. ; art. 28, § 1er. C. d'ass.

Outrage aux bonnes mœurs. —

Par la vente, l'offre, l'exposition, l'affichage ou la distribution gratuite sur la voie publique ou dans les lieux publics, d'écrits, imprimés autres que les livres, affiches, dessins, gravures, peintures, emblèmes ou images obscènes :

> Emprisonnement de 1 mois à 2 ans ; amende de 16 à 3,000 fr. ; app. de l'art. 463.— Même peine pour les *complices, saisie.* — Art. 28, § 2 ; art. 1, 2, L. du 27 juin 1882, combinés. Pol. cor.

La loi du 27 juin 1882 est plus étendue que l'article 28, § 2 de la loi du 29 juillet 1881 ; — ce dernier article contient la disposition suivante :

Les exemplaires de ces dessins, gravures, peintures emblêmes ou images obscènes exposés aux regards du public, mis en vente ou distribués seront saisis.

D'autre part, l'article 4 de la loi du 27 juillet 1882, abroge toutes les dispositions contraires à ladite loi. La saisie n'a rien de contraire à la loi du 27 juin 1882, elle est donc maintenue dans les conditions indiquées à l'article 28, § 2 de la loi du 29 juillet 1881.

La connaissance de ces délits est attribuée aux tribunaux correctionnels qui se conformeront aux règles du droit commun.

Outrage — A un magistrat de l'ordre administratif

ou judiciaire ; à un ou plusieurs jurés ; dans l'exercice, à l'occasion de l'exercice des fonctions, par parole, par écrit ou dessin non rendu public tendant à inculper leur honneur ou leur délicatesse.

> Emprisonnement de 15 jours à 2 ans. Réparation. Art. 222, 226, code pén. Pol. cor. Maintenu. —

Voir *circulaire*.

Outrage par paroles — A l'audience d'une Cour ou d'un Tribunal.

> Réparation. Emprisonnement de 2 à 5 ans ; art. 222, 226, code pén., § 2. Pol. cor. Maintenu.

Outrage par gestes ou menaces — A un magistrat ; à un juré ; dans l'exercice, à l'occasion de l'exercice de ses fonctions :

> Emprisonnement de 1 mois à 6 mois. Réparation. Art. 223, 226, code pén. Pol. cor.

Outrage par gestes ou menaces — A l'audience d'une Cour ou d'un Tribunal :

> Emprisonnement de 1 mois à 2 ans. Même article.

Outrage par paroles, gestes, menaces — A un officier ministériel ; dépositaire ; agent de la force publique ; citoyen chargé d'un ministère et service public : dans l'exercice, à l'occasion de l'exercice de ses fonctions :

> Emprisonnement de 6 jours à 1 mois ; amende de 16 fr. à 200 fr. ou l'une de ces deux peines. Réparation. Art. 224, 227, code pén. Pol. cor.

Outrage — A un commandant de la force publique :

Emprisonnement de 15 jours à 3 mois ; amende 16 fr.
à 500 fr. Réparation. Art. 225, 226, cod. pén. Pol.
cor.

Outrages aux objets du culte —

Dans les locaux destinés ou servant à l'exercice du culte ;
aux ministres du culte dans leurs fonctions :

Emprisonnement de 15 jours à 6 mois, amende de 16 à
500 fr., art. 262. Code pén.
Maintenu. Circulaire.

Outrages envers le bureau électoral

ou l'un de ses membres.

De 1 mois à 1 an d'emprisonnement ; de 100 à 2,000 fr.
d'amende ; art. 45, décret du 2 février 1852, art. 463
applicable. Pol. cor.
Maintenu. Circulaire.

Ouverture d'une souscription

ayant pour objet d'indemniser des amendes, frais et dommages-intérêts prononcés par des condamnations judiciaires
en matière criminelle ou correctionnelle.

Emprisonnement de 8 jours à 6 mois ; amende de 100 à
1,000 fr. ; ou de l'une de ces deux peines ; art. 40.
Pol. cor.

Papier de couleur. — Le papier blanc est

spécialement réservé aux affiches des actes émanés de l'autorité.

Amende de 5 à 15 fr. Emprisonnement facultatif de 1 à
15 jours, en cas de récidive dans l'année : art. 2. L.
Simp. pol.

Peines. — Aggravation. — L'aggrava-

tion des peines résultant de la récidive ne sera pas applicable aux infractions prévues par la loi sur la presse.

Art. 63, § 1er. L.

Peines. — Circonstances atténuantes.

— L'article 463 *circonstances atténuantes*, est applicable à tous les cas prévus par la loi sur la presse.

En cas d'admission la peine prononcée ne pourra édicter la moitié de la peine édictée par la loi.

Art. 64.

Peines. — Cumul des peines.

— En cas de conviction de plusieurs crimes ou délits prévus par la présente loi, les peines ne se cumuleront pas, et la plus forte sera seule prononcée.

Art. 63, § 2.

Personnes responsables des crimes et délits par la voie de la presse.

1° Les gérants ou éditeurs quelle que soit leur profession ou dénomination ;

2° A leur défaut les auteurs ;

3° A défaut des auteurs, les imprimeurs ;

4° A défaut des imprimeurs, les vendeurs, distributeurs, afficheurs.

Art. 42. L.

Personnes responsables.

— Lorsque les gérants ou les éditeurs seront en cause, les auteurs seront poursuivis comme complices.

Pourront l'être au même titre, et dans tous les cas, toutes

personnes auxquelles l'article 60 du code pénal, pourrait s'appliquer.

Art. 43. L. *Imprimeurs.*

NOTE DE LA CIRCULAIRE

Cet article règle la complicité.

Il n'est rien innové en ce qui concerne les auteurs à cet égard ; ils sont toujours considérés comme complices, et ils doivent être poursuivis à ce titre, avec les gérants ou les éditeurs, lorsque ceux-ci sont en cause comme auteurs principaux.

En ce qui concerne les imprimeurs au contraire, la loi contient une innovation considérable. Elle les affranchit de toute complicité à raison du fait de l'impression, sauf dans le cas de provocation à un attroupement prévu par l'article 6 de la loi du 7 juin 1848. Ils ne peuvent être retenus comme complices, qu'à raison de faits étrangers à l'impression pourvu que ces faits rentrent dans les conditions de la complicité légale prévues par l'article 60 du code pénal.

La rédaction primitive de l'article 43 étendait cette exception aux vendeurs, distributeurs ou afficheurs pour les faits de vente, de distribution et d'affichage, mais cette mention a été supprimée. Il en résulte que ces agents du délit, lorsqu'ils ne seront pas poursuivis comme auteurs principaux, pourront l'être comme complices, conformément au droit commun, dans le cas où ils auront vendu, distribué ou affiché les écrits délictueux en connaissance de cause.

C'est là d'ailleurs la disposition que l'article 22, qu'il faut combiner avec l'article 43, édicte formellement en ce qui concerne les colporteurs et distributeurs.

Propriétaires responsables. — Les

propriétaires des journaux ou écrits périodiques sont respon-

sables des condamnations pécuniaires prononcées au profit
des tiers contre les personnes désignées dans les deux articles
précédents, conformément aux articles 1382, 1383, 1384 du
code civil.

En conséquence l'article 44 nouveau, renvoie expressément
mais uniquement aux règles posées par les articles 1382,
1383, 1384 du code civil.

Pour qu'une semblable disposition ne soit pas considérée
comme superflue, il faut que les auteurs y aient attaché une
portée juridique quelconque ; les gérants seront considérés
à moins de circonstances exceptionnelles, comme étant les
préposés des propriétaires de journaux, dans le sens qu'a
voulu donner à cette expression le législateur de 1804.

La loi nouvelle n'exige pas que le gérant fasse connaître le
nom des propriétaires autres que les commanditaires ou actionnaires.

La recherche en sera faite d'après les règles du droit
commun.

La qualification du propriétaire doit être entendue dans le
sens du droit commercial.

Le propriétaire peut être unique, pas de difficulté.

Le propriétaire peut être collectif.

La collectivité peut résulter d'une association.

Si la société est en nom collectif, ce sont les associés en
nom qui sont responsables.

Si la société est en commandite,

Ce ne sont pas les commanditaires qui seront responsables.

Si la société est anonyme,

Ce ne sont pas les actionnaires qui sont responsables.

— *Limite de la responsabilité des propriétaires.* — La

responsabilité des propriétaires est limitée aux condamnations civiles, elle ne s'étend pas aux amendes.

Les jugements de condamnation détermineront toutes les responsabilités ; ils devront, en outre, fixer, conformément à la loi, la durée de la contrainte par corps.

Les extraits délivrés aux comptables chargés du recouvrement, doivent porter toutes les mentions nécessaires pour l'exécution.

Plaintes préalables. — En matière de diffamation, et d'injure, d'offense ou d'outrage, tant envers les corps constitués et les personnes publiques, qu'envers les particuliers, le droit du ministère public est subordonné à la plainte préalable de la partie lésée.

— En matière de diffamation et d'injure envers les Cours, Tribunaux et corps constitués, une délibération de l'assemblée générale de ces corps précède la plainte préalable.

— Dans le cas où le corps n'a pas d'assemblée générale, la poursuite a lieu sur la plainte de son chef ou du ministre duquel ce corps relève.

— En cas de diffamation et d'injure envers les fonctionnaires publics, les dépositaires ou agents de l'autorité publique, les ministres des cultes, les citoyens chargés d'un service ou d'un mandat public, la plainte de la partie lésée pourra être suppléée par celle du ministre dont elle relève.

— Dans le cas d'offense ou d'outrage envers les chefs d'État et les agents diplomatiques étrangers, la plainte est portée sous la forme d'une demande au ministère des affaires étrangères qui la transmet au ministère de la justice.

— Dans le cas de diffamation et d'injure envers un ou

plusieurs membres de l'une ou l'autre Chambre, la poursuite n'aura lieu que sur la plainte de la personne ou des personnes intéressées.

—· Dans le cas de diffamation et d'injure envers un juré ou témoin, la plainte du juré ou du témoin est indispensable.

> Art. 47, § 1, 2, 3, 4, 5.

Painte préalable. — Deux exceptions :
La première pour l'offense au chef de l'État ;
La deuxième résulte de la réserve contenue dans le § 3 de l'article 47, qui n'exige la plainte préalable que des dépositaires de l'autorité publique autres que les ministres.

Plainte préalable. — Particuliers. — La règle est générale en ce qui concerne les particuliers.
La poursuite pour diffamation ou injure ne pourra avoir lieu, aux termes de l'article 60, que sur la plainte de la personne diffamée ou injuriée.

Pourvoi en cassation. — Doit être formé dans les trois jours au greffe de la Cour ou du Tribunal.
Dans les 24 heures les pièces seront envoyées à la Cour de cassation.
La Cour de cassation statuera dans les dix jours.
Peuvent se pourvoir :
Le prévenu ;
La partie civile quant aux intérêts civils.
L'amende ne doit pas être consignée.
Le prévenu ne doit pas se mettre en état.

> Art. 61, 62.

Prescription. — Délai de trois mois, tant pour l'action civile que pour l'action publique.

Pour crimes, délits, contraventions.

Le délai court du jour où le fait a été commis ou du jour du dernier acte de poursuite.

Art. 65.

Disposition transitoire : Voir même article, § 2.

Procédure. — *Instruction requise.* — Réquisitoire introductif du ministère public à fin d'information :

1° Articulera et qualifiera : les provocations, outrages, diffamations et injures.

2° Indiquera les textes dont l'application est demandée.

3° Visera la plainte dans le cas où elle est prescrite par la loi.

Le tout à peine de nullité du réquisitoire et de la poursuite.

Art. 48.

— *Saisie partielle.* — Le juge d'instruction a le droit seulement, en cas d'omission du dépôt prescrit par les articles 3 et 10, d'ordonner la saisie de quatre exemplaires du journal, de l'écrit ou du dessin incriminés.

Art. 49.

Voir *saisie.*

— — Pas d'arrestation préventive quand le prévenu est domicilié en France.

Art. 49, § 2.

— *La Citation.* — *Formes de la citation.* — Elle contiendra :

1º L'indication précise des écrits, imprimés, placards, dessins, gravures, peintures, médailles, discours ou propos, publiquement proférés;

2º La qualification des faits ;

3º Les textes de la loi invoqués à l'appui de la demande ;

4º La copie de l'ordonnance du Président, si la citation est à la requête du plaignant ;

5º L'élection de domicile dans la ville où siège la Cour d'assises ,

6º La notification au prévenu et au ministère public.

Le tout à peine de nullité de la poursuite.

Art. 50.

La citation directe devant la Cour d'assises. — Dans les cas prévus par les paragraphes 3 et 4 de l'article 47, le droit de citation directe devant la cour d'assises appartiendra à la partie lésée.

La partie lésée présentera requête au Président de la Cour d'assises qui fixera les jours et heures auxquels l'affaire sera appelée.

Art. 47, § 6.

NOTE : Le droit de citation directe est conféré par l'article 47, § 6 à la partie lésée expressément aux fonctionnaires publics, aux dépositaires de l'autorité, autres que les ministres, aux ministres des cultes, aux citoyens d'un service ou d'un mandat public, aux jurés, aux témoins, aux chefs d'État et agents diplomatiques étrangers.

— *Requête.* — Le plaignant ou la partie lésée qui veut exercer l'action directe, doit adresser une requête au magistrat désigné pour présider la Cour d'assises.

Cette désignation est faite par l'ordonnance rendue publique avant l'ouverture des assises.

Le Président fixe sur cette requête les jours et heures auxquels l'affaire sera appelée, en tenant compte des délais impartis par la loi entre la citation et la comparution.

— *Requête tardive.* — Si le Président est saisi à une époque tardive de façon à ce qu'il ne puisse pas indiquer un jour utile et que la session doive être close par suite de l'épuisement des affaires, avant l'expiration des délais prescrits pour la citation, il constatera l'impossibilité dans laquelle il se trouve de donner jour au plaignant vu la tardivité de sa requête et le renverra à se pourvoir ainsi qu'il avisera.

Le plaignant peut, ou attendre la session suivante ou saisir toutes assises compétentes, ou se pourvoir auprès du premier Président pour obtenir des assises extraordinaires.

Toute Cour d'assises se tenant dans un lieu où l'écrit a été publié est compétente.

— *Citation.* — *Délai.* — *Offre en preuve.* — Le délai entre la citation et la comparution sera de cinq jours, outre un jour par cinq myriamètres.

Art. 51.

De douze jours, outre un jour par cinq myriamètres, en matière de diffamation.

Art. 52.

— *Citation.* — *Offre en preuves.* — Si le prévenu veut faire la preuve conformément à l'article 35,

Il doit faire signifier dans les 5 jours qui suivent la notification de la citation :

1° Au ministère public près la cour d'assises;
2° Au plaignant, à son domicile élu :

> I. Les faits articulés et qualifiés desquels il entend prouver vérité ;

4

II. La copie des pièces;

III. Les noms, profession, demeures des témoins qu'il entend produire;

IV. Élection de domicile près la cour d'assises, à peine de déchéance.

Art. 52.

Alors même que le prévenu décline la compétence de la juridiction devant laquelle il est cité, il doit, à peine de déchéance, faire l'offre en preuves, dans les délais prescrits par l'article 52. (Cassation 29 juin 1882.)

— *Citation.* — *Réponse à la preuve.* — Dans les 5 jours suivants, le plaignant ou le ministère public fera signifier au prévenu, à son domicile élu.

1° La copie des pièces ;

2° Les noms, profession, demeure des témoins à peine de déchéance.

Art. 53.

— *Audience.* — Il sera procédé devant la cour d'assises suivant les formes ordinaires, sauf les règles spéciales ci-après :

— *Renvoi.* — Toute demande en renvoi pour quelque cause que ce soit sera présentée *avant l'appel des jurés* à peine de forclusion.

Art. 54.

— *Incident de procédure.* — Tout incident sur la procédure suivie devra être présenté, *avant l'appel des jurés*, à peine de forclusion.

Art. 54.

— *Défaut.* — *Arrêt contradictoire avec le jury.* — Si le prévenu est présent à l'appel du jury, il ne peut plus faire défaut,

Alors même qu'il se retire pendant le tirage au sort.

Tout arrêt soit sur le fond, soit sur la forme est définitif, quand même le prévenu se retire de l'audience ou refuse de se défendre.

Il est procédé avec le concours du jury comme si le prévenu était présent.

Art. 55.

— *Défaut.* — *Arrêt par défaut sans jury.* — Si le prévenu ne comparait pas au jour fixé par la citation, il est jugé par défaut par la cour.

Art. 56. § 1er.

— *Opposition.* — L'arrêt rendu sans l'assistance du jury est soumis aux règles posées par l'article 187 du code d'instruction criminelle pour les condamnations par défaut prononcées par les tribunaux correctionnels.

— L'arrêt est non avenu quand le prévenu dans les 5 jours de la notification faite à lui ou à son domicile, outre un jour par 5 myriamètres, forme opposition notifiée au plaignant, au ministère public.

— Si la signification n'est pas faite à personne, s'il ne résulte pas d'actes d'exécution de l'arrêt que le prévenu en a eu connaissance, l'opposition sera recevable jusqu'à l'expiration des délais de la prescription de la peine.

Art. 56.

— — L'opposition vaut citation à la première audience utile.

Art. 56.

— — L'opposition est non avenue dans les cas suivants :

1° Si elle n'est pas faite dans le délai fixé à l'article 56 ;

2° Si elle n'est pas signifiée aux personnes indiquées audit article ;

3° Si le prévenu ne comparaît pas lui-même au jour fixé en l'article 56.

Art. 57.

— *Acquittement.* — *Dommages.* — En cas d'acquittement par le jury, s'il y a partie civile en cause, la Cour ne pourra statuer que sur les dommages-intérêts réclamés par le prévenu.

Le prévenu devra être renvoyé de la plainte sans dommages ni dépens.

Art. 58.

— *Session extraordinaire.* — *1ᵉʳ Président.* — Lorsque la session d'assises est terminée et lorsque l'ouverture de la session suivante est éloignée, le premier président peut, par ordonnance motivée, prescrire l'ouverture d'une session extraordinaire.

Cette ordonnance prescrit le tirage au sort du jury.

L'article 81 du décret du 6 juillet 1810 est applicable.

NOTE DE LA CIRCULAIRE.

Il ne doit être déféré à la requête présentée au premier président que dans les cas tout à fait exceptionnels. La loi ne veut pas priver le plaignant de la cour d'assises de la faculté de citation qu'il avait devant le tribunal correctionnel, mais il serait excessif, pour lui procurer l'exercice souvent téméraire de ce droit, d'imposer légèrement aux jurés la fatigue et au Trésor les frais de la tenue des assises extraordinaires.

— Citation donnée par le ministère public. — La loi n'impose pas au ministère public l'obligation d'adresser une requête au président pour la fixation du jour auquel seront portées à l'audience les affaires poursuivies à sa requête.

Les rapports de ces magistrats entr'eux rendent cette formalité inutile.

Il suffit que le ministère public se concerte avec le président.

— Citation directe. — La citation est soumise aux formes qui sont indiquées sous la rubrique procédure. — La citation — forme de la citation — à l'exception de la copie de l'ordonnance du président.

— Citation après information. — Lorsque le ministère public prend la voie de l'information, il doit articuler et qualifier les faits, avec l'indication des textes dans son réquisitoire introductif.

Art. 48.

L'affaire doit suivre son cours suivant les règles ordinaires et être portée devant la chambre des mises en accusation.

Une jurisprudence ancienne formée sous l'empire des lois de 1819-1849 et confirmée sous les lois de 1871-1875 avait décidé qu'il n'était pas nécessaire de rédiger un acte d'accusation, sauf pour le cas de crime, ce que les articles 241-242 touchant la rédaction et la notification de cet acte n'étaient pas applicables aux simples délits.

Cette décision doit être maintenue.

Tous les articles du code d'instruction criminelle qui supposent la détention préventive, tels que l'interrogatoire prescrit par l'article 293, qui ne peuvent trouver leur place qu'à l'égard d'individus accusés de crime et placés dans les liens d'une ordonnance de prise de corps sont inapplicables en matière de presse.

L'arrêt de renvoi sera notifié.

La citation à comparaître doit être donnée en vertu de cet arrêt :

Elle devra être conforme aux prescriptions générales de l'article 50.

Les délais prescrits par les articles 51-52-53 devront être observés.

— *Procédure à suivre.* — En règle générale la loi du 29 juillet 1881 emprunte ses principales dispositions aux lois des 17 mai 1829 et 27 juillet 1849.

La procédure qu'elle indique ne peut plus être combinée qu'avec le code d'instruction criminelle dans les articles auxquels la loi nouvelle ne déroge pas expressément.

— *Jury : Tirage au sort, récusation.* — La loi du 29 juillet 1881, n'a pas donné, à la partie civile, le droit de récusation.

Le droit de récusation peut néanmoins être exercé par le ministère public, bien que partie jointe.

Cassation 8 décembre 1881. Sirey 1882, 1re partie page 237.

— *Témoins.* — *Ordre.* — Lorsque le prévenu offre de faire la preuve dans les cas où elle est autorisée en matière de diffamation, il devient demandeur à l'exception, ses témoins doivent donc être entendus les premiers.

Pratique constante.

Procédure devant les tribunaux correctionnels ; devant les tribunaux de simple police. — La poursuite devant les tribunaux correctionnels doit se faire conformément aux

dispositions du chapitre II , titre Ier, livre II, du code d'instruction criminelle.

Sauf les dispositions ci-après :

1° *Plainte préalable.* — Dans le cas de diffamation ou
d'injures envers les particuliers, la plainte de la partie diffamée ou injuriée est indispensable.

Période électorale. — *Délai.* — Délai de 24 heures
pour la citation outre le délai des distances, en cas de diffamation ou d'injures pendant la période électorale contre un
candidat à une fonction élective.

3° *Forme de la citation.* — La citation précisera, qualifiera le fait incriminé, indiquera le texte de loi, contiendra
élection de domicile dans le lieu où siège le tribunal, à peine
de nullité.

4° *Désistement.* — Le désistement du plaignant arrête la
poursuite commencée.

Art. 60. L.

5° En cas de poursuite requise par le ministère public, se
conformer aux dispositions de l'article 48.

Le réquisitoire introductif doit :

1° Articuler, qualifier les faits incriminés; indiquer le texte
de la loi, à peine de nullité de la poursuite.

Poursuite. — Suspension. — Le para-
graphe 4 de l'article 35 est ainsi conçu :

Dans toute autre circonstance et envers toute autre personne non qualifiée, lorsque le fait imputé est l'objet de
poursuites commencées à la requête du ministère public, ou
d'une plainte de la part du prévenu. Il sera, durant l'instruc-

tion qui devra avoir lieu, sursis à la poursuite et au jugement du délit de diffamation.

Il en résulte que la poursuite est obligatoire sur la dénonciation du prévenu.

Toutefois il est indispensable que le fait dénoncé par le prévenu n'appartienne pas à la catégorie des délits, pour la poursuite desquels la plainte de la partie lésée est indispensable, l'adultère par exemple.

Preuve des faits diffamatoires.

1º Met le prévenu à l'abri de toute peine : (Voir *Procédure*) ; 2º Peut être faite contre les corps constitués, les armées de terre et de mer, les ministres, les membres des deux Chambres, les fonctionnaires publics, les dépositaires ou agents de l'autorité publique, les ministres des cultes déclarés par l'État, les citoyens chargés d'un service ou d'un mandat public temporaire ou permanent, les jurés, les témoins ;

Art. 35, § 1er, 31. L. Cour d'assises.

3º Peut être faite contre les directeurs ou administrateurs de toute entreprise industrielle, commerciale ou financière faisant publiquement appel à l'épargne et au crédit.

Art. 35, § 2. L. Pol. corr.

La preuve contraire est réservée.

Art. 35, § 3. L.

Voyez *Procédure*.

Provocation. — Injure. — En matière

d'injure contre les particuliers, la provocation fait disparaître le délit.

Art. 33, § 2. L.

Provocation à l'aide des moyens etc.

— A commettre une action qualifiée crime ou délit

Si la provocation à été suivie d'effet, l'auteur est poursuivi comme complice et suit l'auteur principal devant la juridiction dont la compétence est réglée par la nature du fait incriminé.

> Art. 23, 24. L.

La provocation doit être directe.

La provocation par dessins, gravures peintures, emblêmes, est supprimée.

Provocation. — Tentative.

— Si la provocation à des crimes a amené une tentative dans les termes de la loi, l'auteur de la provocation est poursuivi comme complice. La provocation à la tentative de simples délits, même dans le cas où la tentative est assimilée au délit lui-même n'est pas punie. (*Circulaire*).

Provocation non suivie d'effet.

— Elle n'est punie qu'autant qu'il s'agit de crimes de meurtre, de pillage et d'incendie, ou des crimes contre la sûreté de l'État prévus par les articles 75 à 101 du code pénal.

> Emprisonnement de 3 mois à 2 ans. Amende de 100 à 3000 fr. Art. 24. Cour d'assises.

Provocation directe.

— A un attroupement armé ou non armé, fait prevu par l'article 6 de la loi du 7 juin 1848 ; lequel article est formellement maintenu par l'article 43, § 2 de la loi.

Toute provocation directe d'un attroupement armé ou non armé par des discours proférés publiquement et par des écrits ou des imprimés affichés ou distribués, sera punie comme le crime et le délit, selon les distinctions ci-dessus établies.

— Les imprimeurs, graveurs, lithographes, afficheurs et distributeurs seront punis comme complices lorsqu'ils auront agi sciemment.

— Si la provocation faite par les moyens ci-dessus n'a pas été suivie d'effet elle sera punie, s'il s'agit d'une provocation à un attroupement nocturne et armé, d'un :

Emprisonnement de 6 mois à 1 an.

S'il s'agit d'un attroupement non armé :

Emprisonnement de 1 mois à 3 mois. Cour d'ass.

Provocations militaires — A l'aide des moyens :

Aux militaires des armées de terre et de mer pour les détourner de leurs devoirs militaires,

De l'obéissance qu'ils doivent à leurs chefs dans tout ce qu'ils leurs commandent pour l'exécution des lois et règlements militaires.

Emprisonnement de 1 mois à 6 mois. Amende de 16 à 100 fr. Cour d'ass. Art. 25.

Publications interdites. — Voyez *Insertions*.

Récidive. — L'aggravation des peines résultant de la récidive n'est pas applicable aux délits de presse.

Art. 63.

Refus d'insertion. — Rectification. — Réponse. — Doit être insérée dans les trois jours la réponse de toute personne nommée ou désignée dans le journal.

L'insertion doit être faite à la place correspondante à celle de l'article visé.

L'insertion peut être du double et gratuite. Si elle est plus étendue, elle est réglée conformément au tarif des annonces judiciaires.

> Amende de 50 à 500 fr. Art. 3. Pol. cor. Sans préjudice des dommages-intérêts.

La Cour de cassation a jugé (17 mars 1865, *Bulletin criminel* n° 67) qu'un journaliste n'est pas fondé à refuser l'insertion d'une réponse qui lui est adressée, sous prétexte qu'elle renfermerait des termes injurieux et blessants pour lui, si du rapprochement de cette réponse avec l'article primitif, il résulte qu'elle ne dépasse pas les limites du droit légitime de défense.

Remèdes secrets. — Annonces et affiches interdites. — Loi du 21 germinal an XI, art. 36. Voir *affiches de remèdes secrets.*

Saisie — Des exemplaires de dessins, gravures, peintures, emblèmes, images obcènes exposés aux regards du public, mis en vente, colportés ou distribués.

> Art. 28. § 2.

Saisie — De quatre exemplaires de l'écrit du journal ou du dessin incriminé en cas d'omission de dépôt, ordonné par le juge d'instruction.

> Art. 49. § 1er.

Saisie — En cas de condamnation ordonnée par arrêt, de tous les exemplaires qui seraient mis en vente, distribués et exposés aux regards.

> Art. 49. § 3. Voir cet art. § 4.

Souscriptions. — Annonces ou ouvertures de

souscriptions ayant pour but d'indemniser un journal de ses amendes, interdites.

Voyez *annonce*.

Souverains étrangers. — Voyez *offenses*.

Témoins. — Voyez *outrages*.

Vendeurs sur la voie publique. — Voyez *colporteurs, distributeurs*.

LOIS, DÉCRETS ABROGÉS

1° Attaques contre la Constitution, le principe de la souveraineté du peuple et du suffrage universel.

Décret du 11 août 1848. Art. 1er.

2° Attaques contre le respect dû aux lois et à l'inviolabilité des droits qu'elles ont consacrés.

Décret du 27 juillet 1849. Art. 3.

3° Attaques contre la liberté des cultes, le principe de la propriété et les droits de la famille.

Décret du 11 août 1848. Art. 3.

4° Provocation à la désobéissance aux lois.

Loi du 17 mai 1819. Art. 6.

5° Excitation à la haine et au mépris du Gouvernement.

Décret du 11 août 1848. Art. 4.

6° Excitation à la haine et au mépris des citoyens, les uns contre les autres.

Décret du 11 août 1848. Art. 7.

7° Enlèvement ou dégradation des signes publics de l'autorité en haine ou en mépris de cette autorité.

Décret du 11 août 1848. Art. 6.

8° Port public de signes de ralliement non autorisé.

Même article.

9° Exposition publique, distribution ou mise en vente de signes ou symboles séditieux.

Même article.

10° Apologie de faits qualifiés crimes ou délits.

Loi du 27 juillet 1849. Art. 3.

11° Outrage à la morale publique et religieuse.

Loi du 17 mai 1819. Art. 8.

12° Outrage à une religion reconnue par l'État.

Loi du 25 mars 1822. Art. 1er.

13° Offense envers les Chambres.

Loi du 17 mai 1819. Art. 11.
Décret du 11 août 1848. Art. 2.

14° Appréciation des délibérations des Conseils généraux, sans la reproduction des comptes rendus y afférant.

Loi du 10 août 1871.
Art. 31, § 2 et 3.

15° Publication d'articles politiques ou d'économie sociale, émanant d'individus condamnés à une peine afflictive ou infamante.

Décret du 17 février 1852. Art. 21.

16° Publication de faits relatifs à la vie privée.

Loi du 11 mai 1868. Art. 11.

LOI SUR LA LIBERTÉ DE LA PRESSE

Paris, 29 juillet 1881.

LE SÉNAT ET LA CHAMBRE DES DÉPUTÉS ONT ADOPTÉ,

LE PRÉSIDENT DE LA RÉPUBLIQUE PROMULGUE LA LOI DONT LA TENEUR SUIT :

CHAPITRE PREMIER.

De l'Imprimerie et de la Librairie.

ARTICLE PREMIER. — L'Imprimerie et la Librairie sont libres.

ART. 2. — Tout imprimé rendu public. à l'exception des ouvrages dits de ville ou bilboquets, portera l'indication du nom et du domicile de l'imprimeur, à peine, contre celui-ci, d'une amende de 5 à 15 francs.

La peine de l'emprisonnement pourra être prononcée si, dans les douze mois précédents, l'imprimeur a été condamné pour contravention de même nature.

ART. 3. — Au moment de la publication de tout imprimé, il en sera fait, par l'imprimeur, sous peine d'une amende de 16 à 300 francs, un dépôt de deux exemplaires, destinés aux collections nationales.

Ce dépôt sera fait : au Ministère de l'Intérieur pour Paris ; à la Préfecture, pour les chefs-lieux de département ; à la Sous-Préfecture, pour les chefs-lieux d'arrondissement et pour les autres villes, à la Mairie.

L'acte de dépôt mentionnera le titre de l'imprimé et le chiffre du tirage.

Sont exceptés de cette disposition les bulletins de vote, les circulaires commerciales ou industrielles et les ouvrages dits de ville ou bilboquets.

Art. 4. — Les dispositions qui précèdent sont applicables à tous les genres d'imprimés ou de reproductions destinés à être publiés.

Toutefois, le dépôt prescrit par l'article précédent sera de trois exemplaires pour les estampes, la musique et en général les reproductions autres que les imprimés.

CHAPITRE II.

De la presse périodique.

§ 1er.

Du droit de publication, de la gérance, de la déclaration et du dépôt au Parquet.

Art. 5. — Tout journal ou écrit périodique peut être publié, sans autorisation préalable et sans dépôt de cautionnement, après la déclaration prescrite par l'article 7.

Art. 6. — Tout journal ou écrit périodique aura un gérant.

Le gérant devra être français, majeur, avoir la jouissance de ses droits civils et n'être privé de ses droits civiques par aucune condamnation judiciaire.

Art. 7. — Avant la publication de tout journal ou écrit périodique, il sera fait, au Parquet du Procureur de la République une déclaration contenant :

   I. Le titre du journal ou écrit périodique et son mode de publication ;

   II. Le nom et la demeure du gérant ;

   III. L'indication de l'imprimerie où il doit être imprimé.

Toute mutation dans les conditions ci-dessus énumérées sera déclarée dans les cinq jours qui suivront.

ART. 8. — Les déclarations seront faites par écrit, sur papier timbré, et signées des gérants. Il en sera donné récépissé.

ART. 9. — En cas de contravention aux dispositions prescrites par les articles 6, 7, 8, le propriétaire, le gérant, ou, à défaut, l'imprimeur, seront punis d'une amende de 50 à 500 fr.

Le journal ou écrit périodique ne pourra continuer sa publication qu'après avoir rempli les formalités ci-dessus prescrites, à peine, si la publication irrégulière continue, d'une amende de 100 fr., prononcée solidairement contre les mêmes personnes, pour chaque numéro publié à partir du jour de la prononciation du jugement de condamnation, si ce jugement est contradictoire, et du troisième jour qui suivra sa notification, s'il a été rendu par défaut, et ce, nonobstant opposition ou appel, si l'exécution provisoire est ordonnée.

Le condamné même par défaut, peut interjeter appel. Il sera statué par la Cour dans le délai de trois jours.

ART. 10. — Au moment de la publication de chaque feuille ou livraison du journal ou écrit périodique, il sera remis au Parquet du Procureur de la République, ou à la Mairie dans les villes où il n'y a pas de Tribunal de première instance, deux exemplaires signés du gérant.

Pareil dépôt sera fait au Ministère de l'Intérieur, pour Paris et le département de la Seine, et, pour les autres départements, à la Préfecture, à la Sous-Préfecture, où à la Mairie, dans les villes qui ne sont ni chefs-lieux de département, ni chefs-lieux d'arrondissement.

Chacun de ces dépôts sera effectué sous peine de 50 fr. d'amende contre le gérant.

ART. 11. — Le nom du gérant sera imprimé au bas de

5

tous les exemplaires, à peine contre l'imprimeur de 16 à
100 fr. d'amende pour chaque numéro publié en contravention
de la présente disposition.

§ II.

Des rectifications.

Art, 12. — Le gérant sera tenu d'insérer gratuitement, en
tête du plus prochain numéro du journal ou écrit périodique,
toutes les rectifications qui lui seront adressées par un dépositaire de l'autorité publique, au sujet des actes de sa fonction
qui auront été inexactement rapportés par ledit journal ou
écrit périodique.

Toutefois, ces rectifications ne dépasseront pas le double
de l'article auquel elles répondront.

En cas de contravention, le gérant sera puni d'une amende
de 100 à 1,000 fr.

Art. 13. — Le gérant sera tenu d'insérer dans les trois
jours de leur réception ou dans le plus prochain numéro,
s'il n'en était pas publié avant l'expiration des trois jours, les
réponses de toute personne nommée ou désignée dans le
journal ou écrit périodique, sous peine d'une amende de
50 à 500 fr., sans préjudice des autres peines et dommages-
intérêts auxquels l'article pourrait donner lieu.

Cette insertion devra être faite à la même place et en mêmes
caractères que l'article qui l'aura provoquée.

Elle sera gratuite, lorsque les réponses ne dépasseront pas
le double de la longueur dudit article. Si elles le dépassent,
le prix d'insertion sera dû pour le surplus seulement. Il sera
calculé au prix des annonces judiciaires.

§ III.

Des journaux ou écrits périodiques étrangers.

ART. 14. — La circulation en France des journaux ou écrits périodiques publiés à l'étranger ne pourra être interdite que par une décision spéciale délibérée en Conseil des Ministres.

La circulation d'un numéro peut être interdite par une décision du Ministre de l'Intérieur.

La mise en vente ou la distribution, faite sciemment au mépris de l'interdiction, sera punie d'une amende de 50 à 500 fr.

CHAPITRE III.

De l'affichage, du colportage et de la vente sur la voie publique

§ Ier.

De l'affichage.

ART. 15. — Dans chaque commune, le maire désignera, par arrêté, les lieux exclusivement destinés à recevoir les affiches des lois et autres actes de l'autorité publique.

Il est interdit d'y placarder des affiches particulières.

Les affiches des actes émanés de l'autorité seront seules imprimées sur papier blanc.

Toute contravention aux dispositions du présent article sera punie des peines portées à l'article 2.

ART. 16. — Les professions de foi, circulaires et affiches électorales pourront être placardées, à l'exception des emplacements réservés par l'article précédent, sur tous les édifices publics autres que les édifices consacrés aux cultes, et particulièrement aux abords de salles du scrutins.

ART. 17. — Ceux qui auront enlevé, déchiré, recouvert ou altéré par un procédé quelconque, de manière à les travestir où à les rendre illisibles, des affiches apposées par ordre de l'administration dans les emplacements à ce réservés, seront punis d'une amende de 5 à 15 fr.

Si le fait a été commis par un fonctionnaire ou un agent de l'autorité publique, la peine sera d'une amende de 16 à 100 fr. et d'un emprisonnement de six jours à un mois, ou de l'une de ces deux peines seulement.

Seront punis d'une amende de 5 à 15 fr. ceux qui auront, enlevé, déchiré, recouvert ou altéré par un procédé quelconque de manière à les travestir ou à les rendre illisibles, des affiches électorales émanant de simples particuliers, apposées ailleurs que sur les propriétés de ceux qui auront commis cette lacération ou altération.

La peine sera d'une amende de 16 à 100 fr. et d'un emprisonnement de 6 jours à 1 mois, ou de l'une de ces deux peines seulement, si le fait a été commis par un fonctionnaire ou agent de l'autorité publique, à moins que les affiches n'aient été apposées dans les emplacements réservés par l'article 15.

§ II.

Du colportage et de la vente sur la voie publique.

ART. 18. — Quiconque voudra exercer la profession de colporteur ou de distributeur sur la voie publique ou en tout autre lieu public ou privé, de livres, écrits, brochures, journaux, dessins, gravures, lithographies et photographies, sera

tenu d'en faire la déclaration à la Préfecture du département
où il a son domicile.

Toutefois, en ce qui concerne les journaux et autres feuilles
périodiques, la déclaration pourra être faite, soit à la Mairie
de la commune dans laquelle doit se faire la distribution,
soit à la Sous-Préfecture. Dans ce dernier cas, la déclaration
produira son effet pour toutes les communes de l'arrondissement.

ART. 19. — La déclaration contiendra les nom, prénoms,
profession, domicile, âge et lieu de naissance du déclarant.

Il sera délivré immédiatement et sans frais au déclarant un
récipissé de sa déclaration.

ART. 20. — La distribution et le colportage accidentels ne
sont assujettis à aucune déclaration.

ART. 21. — L'exercice de la profession de colporteur ou
de distributeur sans déclaration préalable, la fausseté de la
déclaration, le défaut de présentation à toute réquisition du
récipissé constituent des contraventions.

Les contrevenants seront punis d'une amende de 5 à 15 fr.,
et pourront l'être en outre, d'un emprisonnement de un à cinq
jours.

En cas de récidive ou de déclaration mensongère, l'emprisonnement sera nécessairement prononcé.

ART. 22. — Les colporteurs et distributeurs pourront être
poursuivis conformément au droit commun, s'ils ont sciemment colporté ou distribué des livres, écrits, brochures, journaux, dessins, gravures, lithographies et photographies,
présentant un caractère délictueux sans préjudice des cas
prévus à l'article 42.

CHAPITRE IV.

Des crimes et délits commis par la voie de la presse ou par tout autre moyen de publication.

§ 1er.

Provocation aux crimes et délits.

ART. 23. — Seront punis comme complices d'une action qualifiée crime ou délit ceux qui, soit par des discours, cris ou menaces proférés dans des lieux ou réunions publics, soit par des écrits, des imprimés vendus ou distribués, mis en vente ou exposés dans des lieux ou réunions publics, soit par des placards ou affiches, exposés aux regards du public, auront directement provoqué l'auteur ou les auteurs à commettre ladite action, si la provocation a été suivie d'effet.

Cette disposition sera légalement applicable lorsque la provocation n'aura été suivie que d'une tentative de crime prévu par l'article 2 du code pénal.

ART. 24. — Ceux qui par les moyens énoncés en l'article précédent auront directement provoqué à commettre les crimes de meurtre, de pillage et d'incendie, ou l'un des crimes contre la sûreté de l'État prévus par les articles 75 et suivants jusques et y compris l'article 101 du code pénal, seront punis, dans le cas où cette provocation n'aurait pas été suivie d'effet, de trois mois à deux ans d'emprisonnement et de 100 francs à 3000 francs d'amende.

Tous cris ou chants séditieux proférés dans des lieux ou réunions publics seront punis d'un emprisonnement de six jours à un mois et d'une amende de 16 à 500 francs ou de l'une de ces deux peines seulement.

ART. 25. — Toute provocation par l'un des moyens énoncés en l'article 23 adressée à des militaires des armées de terre
ou de mer, dans le but de les détourner de leurs devoirs militaires et de l'obéissance qu'ils doivent à leurs chefs dans
tout ce qu'ils leur commandent pour l'exécution des lois et
règlements militaires, sera punie d'un emprisonnement d'un
an à six mois et d'une amende de 16 à 100 francs.

§ II.

Délits contre la chose publique.

ART. 26. — L'offense au Président de la République par
l'un des moyens énoncés dans l'article 23 et dans l'article 28
est punie d'un emprisonnement de trois mois à un an et
d'une amende de 100 francs à 3000 francs, ou de l'une de ces
deux peines seulement.

ART. 27. — La reproduction ou publication de nouvelles
fausses, de pièces fabriquées, falsifiées ou mensongèrement
attribuées à des tiers, sera punie d'un emprisonnement d'un
mois à un an et d'une amende de 50 francs à 1000 francs,
ou de l'une de ces deux peines seulement, lorsque la publication ou reproduction aura troublé la paix publique et qu'elle
aura été faite de mauvaise foi.

ART. 28. — L'outrage aux bonnes mœurs commis par l'un
des moyens énoncés en l'art. 23 sera puni d'un emprisonnement de un mois à deux ans et d'une amende de 16 francs à
2000 francs.

Les mêmes peines seront applicables à la mise en vente, à
la distribution ou à l'exposition de dessins, gravures, peintures emblèmes ou images obcènes exposés aux regards du
public, mis en vente, colportés ou distribués, seront saisis.

§ III.

Délits contre les personnes.

ART. 29. — Toute allégation ou imputation d'un fait qui porte atteinte à l'honneur ou à la considération de la personne ou du corps auquel le fait est imputé est une d'iffamation.

Toute expression outrageante, terme de mépris ou invective qui ne renferme l'imputation d'aucun fait est une injure.

ART. 30. — La diffamation commise par l'un des moyens énoncés en l'article 23 et en l'article 28, envers les Cours, les Tribunaux les armées de terre ou de mer, les corps constitués et les administrations publiques, sera punie d'un emprisonnement de huit jours à un an et d'une amende de 100 fr. à 3000 francs ou de l'une de ces deux peines seulement.

ART. 31. — Sera punie de la même peine la diffamation commise par les mêmes moyens, à raison de leurs fonctions ou de leur qualité, envers un ou plusieurs membres du Ministère, un ou plusieurs membres de l'une ou de l'autre Chambre, un fonctionnaire public, un dépositaire ou agent de l'autorité publique, un ministre de l'un des cultes salariés par l'État, un citoyen chargé d'un service ou d'un mandat public temporaire ou permanent, un juré ou un témoin, à raison de sa déposition.

ART. 32. — La diffamation, commise envers les particuliers par l'un des moyens énoncés en l'article 23 et en l'article 28, sera punie d'un emprisonnement de cinq jours à six mois et d'une amende de 25 francs à 2000 francs, ou de l'une de ces deux peines seulement.

ART. 33. — L'injure, commise par les mêmes moyens envers les corps ou les personnes désignés par les articles 30 et 31 de la présente loi, sera punie d'un emprisonnement de six jours à trois mois et d'une amende de 18 francs à 500 francs, ou de l'une de ces deux peines seulement.

L'injure commise de la même manière envers les particuliers, lorsqu'elle n'aura pas été précédée de provocation, sera punie d'un emprisonnement de cinq jours à deux mois et d'une amende de 16 francs à 300 francs, ou de l'une de ces deux peines seulement.

Si l'injure n'est pas publique, elle ne sera punie que de la peine prévue par l'article 471 du code pénal.

Art. 34. — Les articles 29, 30 et 31 ne seront applicables aux diffamations ou injures dirigées contre la mémoire des morts que dans le cas ou les auteurs de ces diffamations ou injures auraient eu l'intention de porter atteinte à l'honneur ou à la considération des héritiers vivants.

Ceux-ci pourront toujours user du droit de réponse prévu par l'art 13.

Art. 35. — La vérité du fait diffamatoire, mais seulement quand il est relatif aux fonctions, pourra être établie par les voies ordinaires, dans le cas d'imputations contre des corps constitués, les armées de terre ou de mer, les administrations publiques et contre toutes les personnes énumérées dans l'article 31.

La vérité des imputations diffamatoires et injurieuses pourra être également établie contre les directeurs ou administrateurs de toute entreprise industrielle, commerciale ou financière, faisant publiquement appel à l'épargne ou au crédit.

Dans les cas prévus aux deux paragraphes précédents, la preuve contraire est réservée. Si la preuve du fait diffamatoire est rapportée, le prévenu sera renvoyé des fins de la plainte.

Dans toute autre circonstance et envers tout autre personne non qualifiée, lorsque le fait imputé est l'objet de poursuites commencées à la requête du ministère public, ou d'une plainte de la part du prévenu, il sera, durant l'instruction qui devra avoir lieu, sursis à la poursuite et au jugement du délit de diffamation.

§ IV.

Délits contre les chefs d'États et agents diplomatiques étrangers.

ART. 36. — L'offense commise publiquement envers les chefs d'État étrangers sera punie d'un emprisonnement de trois mois à un an et d'une amende de 100 fr. à 3000 fr. ou de l'une de ces deux peines seulement.

ART. 37. — L'outrage commis publiquement envers les ambassadeurs ou ministres plénipotentiaires, envoyés, chargés d'affaires ou autres agents diplomatiques accrédités près du gouvernment de la République, sera puni d'un emprisonnement de huit jours à un an et d'une amende de 50 fr. à 2000 fr. ou de l'une de ces deux peines seulement.

§ V.

Publications interdites, immunités de la défense.

ART. 38. — Il est interdit de publier les actes d'accusation et tous autres actes de procédure criminelle ou correctionnelle avant qu'ils aient été lus en audience publique, et ce, sous peine d'une amende de 50 fr. à 1000 fr.

ART. 39. — Il est interdit de rendre compte des procès en diffamation où la preuve des faits diffamatoires n'est pas autorisée. La plainte seule pourra être publiée par le plaignant. Dans toute affaire civile, les Cours et Tribunaux pourront interdire le compte rendu du procès.

Ces interdictions ne s'appliqueront pas aux jugements, qui pourront toujours être publiés.

Il est également interdit de rendre compte des délibérations intérieures, soit des jurys, soit des Cours et Tribunaux.

Toute infraction à ces dispositions sera punie d'une amende de 100 fr. à 2000 francs.

ART. 40. — Il est interdit d'ouvrir ou d'annoncer publiquement des souscriptions ayant pour objet d'indemniser des amendes, frais et dommages-intérêts prononcés par des condamnations judiciaires, en matière criminelle et correctionnelle, sous peine d'un emprisonnement de huit jours à six mois et d'une amende de 100 francs à 1000 francs ou de l'une de ces deux peines seulement.

ART. 41. — Ne donneront ouverture à aucune action les discours tenus dans le sein de l'une des deux Chambres, ainsi que les rapports ou toutes autres pièces imprimés par ordre de l'une des deux Chambres ;

Ne donnera lieu à aucune action le compte rendu des séances publique des deux Chambres, fait de bonne foi dans les journaux.

Ne donneront lieu à aucune action en diffamation, injure ou outrage, ni le compte rendu fidèle fait de bonne foi des débats judiciaires, ni les discours prononcés ou les écrits produits devant les tribunaux.

Pourront néanmoins les juges, saisis de la cause et statuant sur le fond, prononcer la suppression des discours injurieux, outrageants ou diffamatoires et condamner qui il appartiendra à des dommages-intérêts. Les juges pourront aussi, dans le même cas, faire des injonctions aux avocats et officiers ministériels et même les suspendre de leurs fonctions. La durée de cette suspension ne pourra excéder deux mois, et six mois en cas de récidive, dans l'année.

Pourront toutefois les faits diffamatoires étrangers à la cause donner ouverture, soit à l'action publique, soit à l'action civile des parties, lorsque ces actions leur auront été réservées par les tribunaux et, dans tous les cas, à l'action civile des tiers.

CHAPITRE V.

Des poursuites et de la répression

§ 1er.

Des personnes responsables des crimes et délits commis par la voie de la presse.

ART. 42. — Seront passibles, comme auteurs principaux, des peines qui constituent la répression des crimes et délits par la voie de la presse, dans l'ordre ci-après, savoir :

1º Les gérants ou éditeurs, quelles que soient leurs professions ou leurs dénominations ;

2º A leur défaut, les auteurs ;

3º A défaut des auteurs, ·les imprimeurs ;

4º A défaut des imprimeurs, les vendeurs, distributeurs ou afficheurs.

ART. 43. — Lorsque les gérants ou les éditeurs seront en cause, les auteurs seront poursuivis comme complices.

Pourront l'être au même titre et dans tous les cas, toutes personnes auxquelles l'article 60 du code pénal pourrait s'appliquer. Ledit article ne pourra s'appliquer aux imprimeurs pour faits d'impression, sauf dans le cas et les conditions prévus par l'article 6 de la loi du 7 juin 1848 sur les attroupements.

ART. 44. — Les propriétaires des journaux ou écrits périodiques sont responsables des condamnations pécuniaires prononcées au profit des tiers contre les personnes désignées dans les deux articles précédents, conformément aux dispositions des articles 1382, 1383, 1384 du code civil.

Art. 45. — Les crimes et délits prévus par la présente loi sont déférés à la Cour d'assises.

Sont exceptés et déférés aux Tribunaux de police correctionnelle les délits et infractions prévus par les articles 3, 4, 9, 10, 11, 12, 13, 14, 17, §§ 2 et 4, 28 § 2, 32, 33 § 2, 38, 39, et 40 de la présente loi.

Sont encore exceptées et renvoyées devant les Tribunaux de simple police, les contraventions prévues par les articles 2, 15, 17 §§ 1er et 3, 21 et 33 § 3 de la présente loi.

Art. 46. — L'action civile résultant des délits de diffamation prévus et punis par les articles 30 et 31, ne pourra, sauf dans le cas de décès de l'auteur du fait incriminé ou d'amnistie, être poursuivie séparément de l'action publique.

§ II.

De la procédure

A. — COUR D'ASSISES

Art. 47. — La poursuite des crimes et délits commis par la voie de la presse ou par tout autre moyen de publication aura lieu d'office et à la requête du ministère public, sous les modifications suivantes :

1° Dans le cas d'injure ou de diffamation envers les Cours, Tribunaux et autres corps indiqués en l'article 30, la poursuite n'aura lieu que sur une délibération prise par eux, en assemblée générale, et requérant les poursuites, ou si le corps n'a pas d'assemblée générale, sur la plainte du chef du corps ou du Ministre duquel ce corps relève.

2° Dans le cas d'injure ou de diffamation envers un ou plusieurs membres de l'une ou de l'autre Chambre, la poursuite n'aura lieu que sur la plainte de la personne ou des personnes intéressées ;

3° Dans le cas d'injure ou de diffamation envers les fonctionnaires publics, les dépositatres ou agents de l'autorité publique autres que les Ministres, envers les ministres des cultes salariés par l'État et les citoyens chargés d'un service ou d'un mandat public, la poursuite aura lieu, soit sur leur plainte, soit d'office, sur la plainte du Ministre dont ils relèvent.

4° Dans le cas de diffamation envers un juré ou un témoin, délit prévu par l'article 31, la poursuite n'aura lieu que sur la plainte du juré ou du témoin qui se prétendra diffamé ;

5° Dans le cas d'offense envers les chefs d'État ou d'outrage envers les agents diplomatiques étrangers, la poursuite aura lieu soit à leur requête, soit d'office, sur leur demande adressée au Ministre des Affaires étrangères, et par celui-ci au Ministre de la Justice ;

6° Dans les cas prévus par les §§ 3 et 4 du présent article, le droit de citation directe devant la Cour d'assises appartiendra à la partie lésée.

Sur sa requête, le Président de la Cour d'assises appartiendra à la partie lésée.

Sur sa requête, le Président de la Cour d'assises fixera les jours et heures auxquels l'affaire sera appelée.

ART. 48. — Si le ministère public requiert une information il sera tenu, dans son réquisitoire, d'articuler et de qualifier les provocations, outrages, diffamations et injures, à raison desquels la poursuite est intentée, avec indication des textes dont l'application est demandée, à peine de nullité du réquisitoire de ladite poursuite.

ART. 49. — Immédiatement après le réquisitoire, le juge d'instruction pourra, mais seulement en cas d'omission du dépôt prescrit par les articles 3 et 10 ci-dessus, ordonner la saisie de quatre exemplaires de l'écrit, du journal ou du dessin incriminé. Cette disposition ne déroge en rien à ce qui est prescrit par l'article 28 de la présente loi.

Si le prévenu est domicilié en France, il ne pourra être arrêté préventivement, sauf en cas de crime.

En cas de condamnation, l'arrêt pourra ordonner la saisie ou la suppression, ou la destruction de tous les exemplaires qui seraient mis en vente, distribués ou exposés aux regards du public.

Toutefois, la suppression ou la destruction pourra ne s'appliquer qu'à certaines parties des exemplaires saisis.

ART. 50. — La citation contiendra l'indication précise des écrits, des imprimés, placards, dessins, gravures, peintures, médailles, emblêmes, des discours ou propos publiquement proférés qui seront l'objet de la poursuite, ainsi que de la qualification des faits. Elle indiquera les textes de la loi invoquée à l'appui de la demande.

Si la citation est à la requête du plaignant, elle portera, en outre, copie de l'ordonnance du président ; elle contiendra élection de domicile dans la ville où siége la Cour d'assises et sera notifiée tant au prévenu qu'au ministère public.

Toutes ces formalités seront observées à peine de nullité de la poursuite.

ART. 51. — Le délai entre la citation et la comparution en Cour d'assises sera de cinq jours francs, outre un jour par cinq myriamètres de distance.

ART. 52. — En matière de diffamation, ce délai sera de douze jours, outre un jour par cinq myriamètres de distance.

Quand le prévenu voudra être admis à prouver la vérité des faits diffamatoires, conformément aux dispositions de l'article 35 de la présente loi, il devra, dans les cinq jours qui suivront la notification de la citation, faire signifier au ministère public près la Cour d'assises, ou au plaignant, au domicile par lui élu, suivant qu'il est assigné à la requête de l'un ou de l'autre :

1° Les faits articulés et qualifiés dans la citation, desquels il entend prouver la vérité ;

2° La copie des pièces ;

3° Les noms, professions et demeures des témoins par lesquels il entend faire sa preuve. Cette signification contiendra élection de domicile près la Cour d'assises, le tout à peine d'être déchu du droit de faire la preuve.

ART. 53. — Dans les cinq jours suivants, le plaignant ou le ministère public, suivant le cas, sera tenu de signifier au prévenu, au domicile par lui élu, la copie des pièces et les noms, professions et demeures des témoins par lesquels il entend faire la preuve contraire, sous peine d'être déchu de son droit.

ART. 54. — Toute demande en renvoi, pour quelque cause que ce soit, tout incident sur la procédure suivie devront être présentés avant l'appel des jurés, à peine de forclusion.

ART. 55. — Si le prévenu a été présent à l'appel des jurés, il ne pourra plus faire défaut, quand bien même il se fut retiré pendant le tirage au sort.

En conséquence, tout arrêt qui interviendra, soit sur la forme, soit sur le fond, sera définitif, quand bien même le prévenu se retirerait de l'audience ou refuserait de se défendre. Dans ce cas, il sera procédé avec le concours du jury et comme si le prévenu était présent.

ART. 56. — Si le prévenu ne comparaît pas au jour fixé par la citation, il sera jugé par défaut par la Cour d'assises, sans assistance ni intervention des jurés.

La condamnation par défaut sera comme non avenue si, dans les cinq jours de la signification qui en aura été faite au prévenu ou à son domicile, outre un jour par cinq myriamètres, celui-ci forme opposition à l'exécution de l'arrêt et notifie son opposition tant au ministère public qu'au plaignant. Toutefois, si la signification n'a pas été faite à personne ou s'il ne résulte pas d'acte d'exécution de l'arrêt que le prévenu en a eu connaissance, l'opposition sera recevable jusqu'à l'expiration des délais de la prescription de la peine.

L'opposition vaudra citation à la première audience utile. Les frais de l'expédition, de la signification de l'arrêt, de l'opposition et de la réassignation pourront être laissés à la charge du prévenu.

ART. 57. — Faute par le prévenu de former son opposition dans le délai fixé en l'article 56, et de la signifier aux personnes indiquées dans cet article, ou de comparaître par lui-même au jour fixé en l'article précédent, l'opposition sera réputée non avenue et l'arrêt par défaut sera définitif.

ART. 58. — En cas d'acquittement par le jury, s'il y a partie civile en cause, la Cour ne pourra statuer que sur les dommages-intérêts réclamés par le prévenu. Ce dernier devra être renvoyé de la plainte sans dépens ni dommages-intérêts au profit du plaignant.

ART. 59. — Si, au moment ou le ministère public ou le plaignant exerce son action, la session de la Cour d'assises est terminée, et s'il ne doit pas s'en ouvrir d'autre à une époque rapprochée, il pourra être formé une Cour d'assises extraordinaire par ordonnance motivée du premier président. Cette ordonnance prescrira le tirage au sort des jurés conformément à la loi.

L'article 81 du décret du 6 juillet 1810 sera applicable aux Cours d'assises extraordinaires formées en exécution du paragraphe précédent.

B. — POLICE CORRECTIONNELLE ET SIMPLE POLICE

ART. 60. — La poursuite devant les Tribunaux correctionnels et de simple police aura lieu conformément aux dispositions du chapitre II du titre Ier du livre II du code d'instruction criminelle, sauf les modifications suivantes :

1° Dans le cas de diffamation envers les particuliers prévu par l'article 32, et dans le cas d'injure prévu par l'article 33, § 2, la poursuite n'aura lieu que sur la plainte de la personne diffamée ou injuriée ;

2° En cas de diffamation ou d'injure pendant la période électorale contre un candidat à une fonction élective, le délai de la citation sera réduit à vingt-quatre heures, outre le délai de distance.

3° La citation précisera et qualifiera le fait incriminé, elle indiquera le texte de loi applicable à la poursuite, le tout à peine de nullité de ladite poursuite.

Sont applicables en cas de poursuite et de condamnation les dispositions de l'article 48 de la présente loi.

Le désistement du plaignant arrêtera la poursuite commencée.

C. — POURVOIS EN CASSATION

ART. 61. — Le droit de se pourvoir en cassation appartiendra au prévenu et à la partie civile; quant aux dispositions relatives à ses intérêts civils, l'un et l'autre seront dispensés de consigner l'amende et le prévenu de se mettre en état.

ART. 62. — Le pourvoi devra être formé dans les trois jours, au greffe de la Cour ou du Tribunal qui aura rendu la décision. Dans les vingt-quatre heures qui suivront, les pièces seront envoyées à la Cour de cassation qui jugera d'urgence, dans les dix jours à partir de leur réception.

§ 3.

Récidives, circonstances atténuantes, prescriptions

ART. 63. — L'aggravation des peines résultant de la récidive ne sera pas applicable aux infractions prévues par la présente loi.

En cas de conviction de plusieurs crimes ou délits prévus par la présente loi, les peines ne se cumuleront pas et la plus forte sera seule prononcée.

ART. 64. — L'article 463 du code pénal est applicable dans tous les cas prévus par la présente loi. Lorsqu'il y aura lieu de faire cette application, la peine prononcée ne pourra excéder la moitié de la peine édictée par la loi.

ART. 65. — L'action publique et l'action civile résultant des crimes, délits et contraventions prévus par la présente loi se prescriront après trois mois révolus et à partir du jour où ils auront été commis ou du jour du dernier acte de poursuite s'il en a été fait.

Les prescriptions commencées à l'époque de la publication de la présente loi et pour lesquelles il faudrait encore, suivant les lois existantes, plus de trois mois à compter de la même époque, seront, par ce laps de trois mois, définitivement accomplies.

Dispositions transitoires

ART. 66. — Les gérants et propriétaires de journaux existant au jour de la promulgation de la présente loi, seront tenus de se conformer, dans un délai de quinzaine, aux prescriptions édictées par les articles 7 et 8, sous peine de tomber sous l'application de l'article 9.

ART. 67. — Le montant des cautionnements versés par les journaux ou écrits périodiques actuellement soumis à cette obligation, sera remboursé à chacun d'eux par le Trésor public, dans un délai de trois mois, à partir du jour de la promulgation de la présente loi, sans préjudice des retenues qui pourront être effectuées au profit de l'État et des particuliers, pour les condamnations à l'amende et les réparations civiles auxquelles il n'aura pas été autrement satisfait à l'époque du remboursement.

Art. 68. — Sont abrogés les édits, lois, décrets, ordonnances, arrêtés, réglements, déclarations généralement quelconques, relatifs à l'imprimerie, à la librairie, à la presse périodique ou non périodique, au colportage, à l'affichage, à la vente sur la voie publique et aux crimes et délits prévus par les lois sur la presse et les autres moyens de publication, sans que puissent revivre les dispositions abrogées par les lois antérieures.

Est également abrogé le second paragraphe de l'article 31 de la loi du 10 août 1871 sur les conseils généraux, relatif à l'appréciation de leurs discussions par les journaux.

Art. 69. — La présente loi est applicable à l'Algérie et aux colonies.

Art. 70. — Amnistie est accordée pour tous les crimes et délits commis antérieurement au 16 février 1881, par la voie de la presse ou autres moyens de publication, sauf l'outrage aux bonnes mœurs puni par l'article 28 de la présente loi, et sans préjudice du droit des tiers.

Les amendes non perçues ne seront pas exigées. Les amendes déjà perçues ne seront pas restituées, à l'exception de celles qui ont été payées depuis le 16 février 1881.

La présente loi, délibérée et adoptée par le Sénat et par la Chambre de députés, sera exécutée comme loi de l'État.

Fait à Paris, le 29 juillet 1881.

JULES GRÉVY.

Par le Président de la République :

Le Président du Conseil, Ministre de l'Instruction publique et des Beaux-Arts,

JULES FERRY.

Le Ministre de l'Intérieur et des Cultes,

CONSTANS.

LOI RELATIVE
A L'AMNISTIE DES CRIMES ET DÉLITS DE PRESSE

———————

LE SÉNAT ET LA CHAMBRE DES DÉPUTÉS ONT ADOPTÉ,

LE PRÉSIDENT DE LA RÉPUBLIQUE PROMULGUE LA LOI DONT LA TENEUR SUIT :

ARTICLE UNIQUE. — L'amnistie prévue par la loi sur la liberté de la presse sera appliquée à tous les crimes et délits commis antérieurement au 21 juillet 1881.

La présente loi délibérée et adopté par le Sénat et par la Chambre des députés sera exécutée comme loi de l'État.

Fait à Paris, le 29 juillet 1881.

JULES GRÉVY.

Par le Président de la République :

Le Président du Conseil, Ministre de l'Instruction publique et des Beaux-Arts,

JULES FERRY.

Le Ministre de l'Intérieur et des Cultes.

CONSTANS.

CIRCULAIRE

adressée par M. le Garde des Sceaux, Ministre de la Justice, aux Procureurs généraux près les Cours d'appel.

————◦◦◦◦————

Paris, le 9 novembre 1881.

MONSIEUR LE PROCUREUR GÉNÉRAL,

La législation sur la presse a formé jusqu'ici un assemblage confus de lois de toutes les époques, d'origine et d'inspiration les plus diverses.

Les lois fondamentales de 1819 avaient défini méthodiquement les délits et réglé la procédure, mais elles avaient laissé en dehors de leurs prévisions toute la matière des instruments de publication : l'imprimerie et la librairie, le colportage, l'affichage, la vente sur la voie publique, elles avaient été, d'ailleurs, bientôt elles-mêmes profondément modifiées. Depuis lors, les lois nouvelles se sont accumulées, elles se sont ajoutées les unes aux autres, subsistant toutes ensemble et ne s'abrogeant que dans leurs dispositions contraires. Nées, la plupart, des circonstances, elles ont presque toutes, sauf de rares retours à la liberté selon les régimes, étendu indéfiniment le domaine de la réglementation et de la répression.

L'opinion publique réclamait depuis longtemps, avec l'abrogation de cette législation surannée, une loi nouvelle et complète sur la matière. Il était réservé à notre dernière législature d'entreprendre et mener à fin cette œuvre considérable. La loi qui est sortie de ses délibérations a été

définie d'un mot : c'est une loi de liberté, telle que la presse
n'en a jamais eu en aucun temps. Elle a supprimé toutes les
mesures préventives ; elle s'est conformée, dans la détermi-
nation des infractions en petit nombre qu'elle a retenues, aux
règles du droit commun pour les incriminations pénales ; elle
a rétabli dans son intégrité, la juridiction du jury. Loin
d'imposer à la presse un régime pénal exceptionnel, on peut
dire qu'elle lui a fait, sous plusieurs rapports, une condition
priviligiée. Elle déroge en sa faveur au droit commun en ce
qui concerne la juridiction, la responsabilité pénale, la procédure, la saisie, la détention préventive, la récidive, les circonstances atténuantes, le cumul. L'expérience dira si cet
ensemble de dispositions ne fait qu'apporter un tempérament
utile aux rigueurs de la loi commune, sans préjudicier à
l'exercice ferme et régulier de l'action publique.

Cette loi embrasse toute la matière de l'ancienne législation:
l'imprimerie et la librairie, la presse périodique, l'affichage,
le colportage et la vente sur la voie publique, les crimes et
délits, la compétence et la procédure.

Imprimerie et librairie.

Le décret du 10 septembre 1870 du gouvernement de la
Défense nationale avait déjà proclamé le principe de la liberté
des professions d'imprimeur et de libraire ; il les avait ainsi
définitivement affranchies de la tutelle administrative qui avait
jusqu'alors pesé si lourdement sur elles et, notamment de la
nécessité de l'autorisation préalable qui leur était délivrée
sous la forme du brevet. Il avait seulement exigé des personnes qui voulaient exercer ces professions une déclaration au
Ministère de l'Intérieur. La loi nouvelle supprime cette formalité. Les articles 2 et 4 se bornent à assujettir les imprimeurs à l'accomplissement de deux obligations au moment de

la publication de chaque imprimé : l'indication de leur nom et domicile, et le dépôt.

Tout imprimé rendu public doit porter l'indication exacte du nom et du domicile de l'imprimeur (art. 2), la fausseté de la déclaration équivaudrait à la simple omission et serait punie comme elle.

Le dépôt est fait en deux ou trois exemplaires, selon qu'il s'agit d'imprimés ou de reproductions autres que les imprimés proprement dits, tels que musique, estampes, dessins, gravures, lithographies, etc. Le motif de cette distiction est dans la destination différente de ces ouvrages, qui doivent être conservés en plus ou moins grand nombre dans les collections nationales. Le Ministère de l'Instruction publique reçoit un exemplaire de chacun d'eux ; la Bibliothèque nationale, qui n'a qu'un exemplaire des imprimés et de la musique, en reçoit deux des estampes et autres ouvrages similaires, qui sont plus sujets à la détérioration ; le troisième exemplaire de la musique est destiné au Conservatoire.

Ce dépôt est fait, à Paris, au Ministère de l'Intérieur ; dans les départements, à la Préfecture pour les chef-lieux, à la Sous-Préfecture pour les chefs-lieux d'arrondissement, et, dans les autres villes, à la Mairie. L'acte de dépôt mentionne le titre de l'imprimé et le chiffre du tirage.

Les dessins et autres ouvrages analogues sont publiés, comme les imprimés, sans aucune autre formalité ; l'autorisation administrative à laquelle ils étaient restés soumis jusqu'ici, en vertu de l'article 22 du décret du 17 février 1852, disparaît avec la loi nouvelle.

Les imprimés destinés à des usages privés, qui sont désignés sous le nom d'*ouvrages de ville* ou *bilboquets*, sont affranchis par les articles 2 et 3, de l'indication du nom et du domicile de l'imprimeur et du dépôt, comme ils l'étaient déjà du dépôt sous la législation précédente, par suite d'une tolérance ancienne.

L'article 3 exempte encore du dépôt les bulletins de vote et les circulaires commerciales et industrielles parce que ces imprimés ne sont pas encore conservés dans les collections publiques; mais ils doivent porter, comme les autres, l'indication du nom et du domicile de l'imprimeur.

Le dépôt doit être fait au moment de la publication ; il peut donc être concomitant; mais il faut qu'il soit opéré à l'instant même où le premier exemplaire est rendu public.

De la presse périodique. — Droit de publication. — Gérance, déclaration et dépot au Parquet.

La presse périodique a été placée pendant longtemps sous les régimes discrétionnaires de la censure et de l'autorisation préalable. Supprimée en 1819, après la censure, l'autorisation préalable avait été rétablie en 1852, avec cet ensemble de mesures préventives et répressives qui avaient remis entièrement la presse entre les mains de l'administration. Elle a subsisté jusqu'en 1868. Depuis cette époque la presse est revenue au régime de 1819 à 1852, qui écartait les mesures purement préventives en ne maintenant que le cautionnement, la déclaration préalable et la gérance. La loi nouvelle achève son émancipation en supprimant le cautionnement ; il présentait une utilité incontestable pour la garantie des condamnations judiciaires ; mais il constituait aussi une entrave pour la propagation de la presse, et c'est ce caractère qui en a motivé la suppression,

Les seules obligations qui soient imposées à la presse périodique sont celles de la gérance, de la déclaration préalable et du dépôt.

L'article 6 organise la gérance. Le gérant doit être Français, majeur, avoir la jouissance de ses droits civils et n'être privé de ses droits civiques par aucune condamnation judiciaire. La législation antérieure exigeait du gérant les conditions imposées par l'article 980 du code civil aux témoins des testaments, qui doivent être du sexe masculin. Ces conditions n'ont pas été reproduites ; les femmes peuvent donc exercer aujourd'hui la gérance. Le rapporteur de la loi au Sénat en a fait la remarque expresse. Le doute pouvait provenir de ce que les femmes n'ont pas la jouissance des principaux droits civiques ; mais cette circonstance ne les exclut pas de la gérance ; on devra seulement exiger d'elles qu'elles n'aient subi aucune des condamnations qui font perdre les droits civiques aux Français mâles et majeurs. C'est ce que la Cour de cassation avait déjà décidé pour le colportage, par interprétation d'une disposition analogue de la loi du 9 mars 1878.

La déclaration des journaux ou écrits périodiques, qui était reçue jusqu'ici par l'autorité administrative, est faite désormais, aux termes de l'article 7, au Parquet du Procureur de la République. Elle doit précéder la publication ; elle contient le titre du journal ou de l'écrit et son mode de publication, le nom et la demeure du gérant et l'indication de l'imprimeur ; elle est rédigée sur timbre et signée par le gérant. Les mutations doivent être déclarées de même, dans les cinq jours.

Le Parquet donne un récépissé de la déclaration. Il ne peut pas le refuser, alors même que cette déclaration lui paraîtrait irrégulière ou inexacte ; mais il doit contrôler ensuite avec soin les énonciations qu'elle contient ; leur fausseté constituerait une contravention, aussi bien que l'omission de la déclaration.

Si l'autorité administrative ne reçoit plus elle-même les déclarations, elle n'en est pas moins intéressée à les connaître, quand ce ne serait que pour assurer l'exécution de l'article 10, qui prescrit le dépôt de deux exemplaires entre ses mains. La loi ne contient aucune prescription à cet égard, mais il vous appartient d'y suppléer. Vos substituts devront porter à la connaissance de MM. les Préfets ou Sous-Préfets, les déclarations et les mutations. Dans les villes où ces actes seraient trop nombreux pour que des copies en puissent être transmises régulièrement sans surcharger, outre mesure. le service des parquets, vos substituts se concerteront avec l'autorité administrative pour qu'elle puisse en prendre, elle-même, communication sur place.

Les personnes responsables des infractions résultant du défaut de gérance et de déclaration, sont le propriétaire, le gérant et, à leur défaut, l'imprimeur. Si la publication irrégulière continue après une première condamnation, ces trois personnes deviennent solidairement responsables.

Le dépôt des journaux ou écrits périodiques est double; il est à la fois judiciaire et administratif. Le premier est fait au Parquet ou à la Mairie dans les villes où il n'y a pas de Tribunal. Le second est fait au Ministère de l'Intérieur, à Paris; et dans les départements, à la Préfecture, à la Sous-Préfecture ou à la Mairie. Ils comprennent, l'un et l'autre, deux exemplaires signés du gérant. Dans les villes où il n'y a ni Tribunal ni Sous-Préfecture, la Mairie, centralisant les deux dépôts, devra donc recevoir quatre exemplaires; ces exemplaires, reçus par l'autorité municipale pour le compte de l'administration et des parquets, seront transmis par elle à leurs destinations respectives. Ces dépôts, comme celui des imprimés, doivent être faits, au plus tard, au moment de la publication.

Les deux dépôts dont il s'agit ici sont indépendants de celui du journal, en tant qu'imprimé, prescrit par l'art. 3, qui doit être cumulé avec eux. Ces dépôts ne sont pas imposés aux mêmes personnes; et ils n'ont pas le même but. Le dépôt prévu à l'art. 3, est imposé aux imprimeurs pour tous les imprimés quelconques qui sortent de leurs presses pour être rendus publics, sans aucune exception autre que celle des ouvrages de ville ou bilboquets. Les journaux y demeurent donc assujettis. Ce dépôt a un but spécial bien défini par l'article même : il est destiné à enrichir nos collections nationales de tous les imprimés nouveaux qui méritent d'être conservés. Le dépôt administratif, prévu par l'art. 10, est mis, comme le dépôt judiciaire, non plus à la charge de l'imprimeur, mais à celle du gérant. Il a pour but de tenir l'administration au courant de la presse périodique dont elle ne peut se désintéresser ; il est fait pour son usage et non en vue de la destination spéciale prévue par l'article 3. Or, il importe au plus haut degré que cette destination soit remplie en ce qui concerne la presse périodique et que la collection complète des journaux puisse être conservée dans nos dépôts publics.

Une quatrième et dernière formalité est imposée à l'imprimeur par l'art. 11 : il doit imprimer le nom du gérant du journal au bas de tous les exemplaires.

Rectifications.

L'article 19 du décret du 17 février 1852 avait imposé aux journaux le régime des insertions officielles connues sous le nom de *communiqués* ; il obligeait les gérants à insérer tous les documents officiels, relations authentiques, renseignements, réponses et rectifications qui leur étaient adresses par l'autorité.

Un droit aussi étendu avait engendré de nombreux abus. L'article 12 l'a restreint dans les limites légitimes du droit de défense. Les dépositaires de l'autorité publique ne pourront aux termes de cet article, adresser aux journaux et autres écrits périodiques que des rectifications au sujet des actes de leurs fonctions qui auraient été inexactement rapportés ; elles sont gratuites ; mais elles ne doivent pas dépasser le double de l'article auquel elles répondent.

Cette disposition rend désormais impossibles toutes les communications abusives ou vexatoires ; mais elle laisse en même temps aux représentants de l'autorité dont les actes ont été méconnus ou travestis, toute la latitude nécessaire pour les défendre en en rétablissant le véritable caractère. Vous devrez assurer en toute circonstance l'entier exercice de ce droit, d'autant plus respectable que la loi nouvelle accorde à la presse plus de franchises. Vos subtituts et vous-même pourrez avoir à en faire usage. Vous veillerez à ce que ces rectifications soient insérées exactement et, comme le prescrit l'article 12, en tête du plus prochain numéro.

L'article 13 règle le droit de réponse des particuliers tel qu'il a été organisé par les lois antérieures. Il appartient à toutes les personnes qui ont été nommées ou désignées dans le journal ou écrit périodique. La réponse doit être insérée à la même place, et avec les mêmes caractères que l'article qui l'a provoquée ; elle est gratuite jusqu'à concurrence du double de cet article. Une seule modification aux dispositions antérieures a été introduite, pour le règlement plus équitable du prix de l'excédant, lorsque la reponse dépasse le double. La loi du 9 septembre 1835 portait, dans son article 17, que cet excédant serait payé suivant le tarif des annonces : ce que l'on entendait du tarif des annonces du journal ; il sera calculé, d'après l'article 13, au prix des annonces judiciaires. L'insertion doit avoir lieu dans les trois jours ou dans le plus prochain numéro.

Journaux ou écrits périodiques étrangers.

D'après l'article 2 du décret du 17 février 1852, les journaux politiques ou d'économie sociale ne pouvaient circuler en France qu'en vertu d'une autorisation. La loi nouvelle consace le principe contraire. Désormais, la circulation est libre, sauf les deux interdictions suivantes :

Une interdiction générale de circulation pourra être portée contre un journal, par une décision du Conseil des Ministres ; la circulation d'un numéro pourra être interdite par une décision de M. le Ministre de l'Intérieur. Il est à remarquer, d'ailleurs, que cette réglementation spéciale s'applique à tous les journaux ou écrits périodiques étrangers, de quelque matière qu'ils traitent, et, non seulement, aux journaux politiques ou d'économie sociale. La mise en vente ou distribution de journaux interdits ne sera punie qu'autant qu'elle sera faite sciemment, au mépris de l'interdiction,

Affichage.

La profession d'afficheur est entièrement libre, elle n'est assujettie à l'accomplissement d'aucune formalité. La déclaration à l'autorité municipale, que l'article 2 de la loi du 10 décembre 1830 exigeait de ceux qui voulaient exercer, même temporairement, cette profession est supprimée. La loi supprime également les interdictions portées par les lois antérieures relativement à certaines affiches et notamment à celles des écrits concernant des nouvelles politiques (article 1er, loi du 10 décembre 1830).

Les articles 15 et suivants n'édictent qu'un petit nombre de dispositions pour protéger les affiches de l'autorité et les affiches électorales. L'article 15 reproduit les prescriptions édictées par le décret des 18-22 mai 1791, pour distinguer les affiches des lois et autres actes de l'autorité de celles des particuliers. Le maire désigne, par un arrêté, dans chaque commune, les lieux ou emplacements qui sont destinés à recevoir ces affiches ; il est interdit d'y placarder des affiches particulières. Les affiches de l'autorité peuvent seules être imprimées sur papier blanc. Les imprimeurs doivent donc se servir exclusivement, pour les affiches desparticuliers, de papiers de couleur; il résulte des termes dans lesquels l'article 15 est rédigé que l'infraction à cette disposition est à leur charge, comme elle l'était déjà sous la législation antérieure.

Les professions de foi, circulaires et affiches électorales peuvent être placardées sur tous les édifices publics, en dehors des places réservées pour les affiches de l'autorité. Les édifices consacrés aux cultes sont seuls exceptés.

L'article 17 punit ceux qui enlèvent, déchirent, recouvrent ou altèrent par un procédé quelconque, de manière à les travestir ou à les rendre illisibles, les affiches de l'administration ou les affiches électorales régulièrement placardées. La peine varie suivant que le fait a été commis par un particulier ou un fonctionnaire public; c'est une peine de simple police dans le premier cas, correctionnelle dans le second.

Il n'y aurait pas de contravention si les affiches lacérées ou travesties avaient été placardées, sans droit, et dans des lieux ou emplacements prohibés. Ainsi, le fonctionnaire public n'encourt aucune peine lorsqu'il enlève les affiches électorales apposées sur les emplacements réservés à l'administration; il en est de même du particulier qui enlève des affiches apposées sur sa propriété sans son autorisation. Les particuliers sont libres d'accorder ou de refuser l'autorisation de placarder des affiches quelconques, électorales ou autres, sur leurs propriétés. Le même droit n'appartient pas aux simples locataires; une proposition qui avait été faite pour le leur accorder a été rejetée.

Colportage et vente sur la voie publique.

La loi affranchit les colporteurs et distributeurs de l'autorisation préalable; elle supprime le catalogue et le livret. Elle astreint les colporteurs et distributeurs à la seule déclaration de leurs noms, prénoms, profession, domicile, âge et lieu de naissance. Il leur en est délivré un récépissé qui doit être présenté à toute réquisition. La distribution et le colportage accidentels sont entièrement libres ; ils sont exemptés de la formalité même de la déclaration. Il n'est pas nécessaire que le colporteur soit Français et jouisse de ses droits civils et politiques ; ces conditions, exigées par le projet de loi primitif, ont été supprimées au cours de la discussion, avec l'obligation du catalogue et du livret.

Crimes et délits.

La loi nouvelle ne reconnaît qu'un petit nombre de délits. Elle est restée en deçà de la nomenclature classique de la loi de 1819. Les seuls crimes ou délits qu'elle a retenus, parmi ceux qui étaient prévus par toute la législation antérieure sur la presse, sont :

1° La provocation aux crimes ou délits suivie d'effet ; 2° la provocation non suivie d'effet, aux crimes de meurtre, de pillage ou d'incendie, aux crimes contre la sûreté de l'État ; 3° les cris ou chants séditieux ; 4° la provocation aux militaires pour les détourner de leurs devoirs ; 5° l'offense au Président de la République ; 6° la publication de fausses nouvelles ayant téoublé la paix publique ; 7° l'outrage aux bonnes mœurs ; 8° la diffamation et l'injure ; 9° l'offense et l'outrage envers les chefs de l'État ou agents diplomatiques étrangers.

La loi a prévu encore certaines interdictions de publications ou de comptes rendus ; mais les infractions qui en résultent, bien que punies de peines correctionnelles, ont plutôt un caractère contraventionnel.

7

Provocations aux crimes et délits.

La provocation aux crimes et délits n'a pas été maintenue dans les termes de la loi de 1819. Les articles 23 et 24 y ajoutent une condition : ils exigent, comme l'ancien article 102 du code pénal qu'elle ait été directe ; ils suppriment, en outre, la provocation par dessins, gravures, peintures et emblèmes.

Sous ces modifications, l'article 23, comme la loi de 1819, assimile à la complicité proprement dite la provocation à des crimes ou à des délits suivis d'effet, ou même à la tentative de crime lorsque cette tentative réunit les conditions de la tentative légale, c'est-à-dire lorsqu'elle n'a manqué son effet que par des circonstances indépendantes de la volonté de son auteur. La provocation à la tentative de simples délits, même dans les cas où cette tentative est assimilée par la loi au délit lui-même, n'est pas punie.

En ce qui concerne la provocation non suivie d'effet, la loi nouvelle s'est attachée au système du code pénal (ancien article 102), complété par la loi du 17 juillet 1791. Elle ne la punit qu'autant qu'il s'agit de crimes de meurtre, de pillage et d'incendie ou des crimes contre la sûreté de l'État prévus par les articles 75 à 101 du code pénal.

L'article 25 punit la provocation aux militaires pour les détourner de leurs devoirs et de l'obéissance qu'ils doivent à leurs chefs dans tout ce qu'ils leur commandent pour l'exécution des lois et règlements militaires. C'est la reproduction de l'article 2 de la loi du 27 juillet 1849, avec une définition plus rigoureuse du délit. La loi de 1849 réservait les peines plus graves de la tentative d'embauchage ; cette réserve a été omise dans l'article 25 comme inutile ; mais il a été entendu que les textes des codes de justice militaire relatifs à l'embauchage, subsistent en entier et qu'il n'était rien innové par la loi à cet égard.

L'article 24, 2e alinéa, punit les cris séditieux et les chants, que la jurisprudence leur assimilait déjà. La loi ne pouvait laisser ces actes impunis, lorsque le code pénal réprime les simples bruits ou tapages injurieux ou nocturnes qui troublent la tranquillité publique.

Délits contre la chose publique.

Trois délits seulement ont été retenus dans cette catégorie : l'offense au Président de la République, les fausses nouvelles, l'outrage aux bonnes mœurs. Les outrages aux Chambres et l'outrage au gouvernement de la République, qui figuraient dans le projet primitif, ont été supprimés dans la discussion à cause de leur caractère politique. Les outrages au Président de la République sont qualifiés d'offenses. Cette dénomination comprend, comme l'outrage, la diffamation et l'injure ; elle a été conservée parce qu'elle était consacrée par la tradition législative et qu'elle a paru répondre, mieux que toute autre, à la situation exceptionnelle du chef de l'État. L'offense au Président de la République est punie lorsqu'elle est commise, non seulement par l'un des moyens de publicité admis pour la provocation, discours, cris ou menaces, mais aussi, par des dessins, gravures, peintures, emblêmes ou images.

En ce qui concerne les fausses nouvelles, l'art. 27 n'a pas reproduit les distinctions du décret de 1852 sur les fausses nouvelles simples, de mauvaise foi ou de nature à troubler la paix publique, Il ne les punit qu'autant qu'elles ont été publiées de mauvaise foi et qu'elles ont apporté un trouble réel à la paix publique. La loi ne définit pas ce trouble; ce sera aux tribunaux et à vous-mêmes à l'apprécier dans chaque espèce particulière.

L'article 28 punit l'outrage aux bonnes mœurs commis par tous les moyens de publication, discours, cris, menaces, dessins, gravures, peintures, emblêmes ou images. Le législateur a voulu atteindre tout particulièrement ce délit, pour lequel il a dérogé au système d'abaissement des pénalités anciennes, qu'il a suivies partout ailleurs ; il a élevé le maximum des peines qui lui sont applicables à deux ans d'emprisonnement et à 2,000 fr. d'amende, au lieu d'un an et 500 fr. Il déroge encore aux principes qu'il a établis en matière de saisie, en autorisant exceptionnellement, dans le cas d'outrages aux bonnes mœurs par dessins ou figures, la saisie préventive des dessins, gravures, peintures, emblêmes ou images qui ont été exposés ou mis en vente.

Délits contre les personnes.

Les délits contre les personnes sont l'offense envers les chefs d'État étrangers, l'outrage envers les agents diplomatiques accrédités près le Gouvernement de la République, la diffamation ou l'injure envers les corps constitués, les fonctionnaires, les citoyens chargés d'un service ou mandat public, les jurés et les témoins et les simples particuliers.

La loi nouvelle a conservé la définition classique de la diffamation et de l'injure, de la loi de 1819. Elle apporte néanmoins, deux modifications légères à cette loi, en ce qui concerne l'injure. Elle supprime toute distinction entre l'injure simple et celle qui renferme l'imputation d'un vice déterminé ; elle admet, en outre, l'excuse de la provocation pour l'injure même publique.

L'article 30 qui prévoit la diffamation envers les Cours et Tribunaux et les corps constitués, a reproduit l'énumération de la loi de 1822 ; il y a seulement ajouté, pour faire cesser des hésitations qui s'étaient produites dans la jurisprudence, les armées de terre et de mer ; il a supprimé le mot « autorités, » comme inutile et faisant double emploi avec les corps constitués et les administrations publiques.

L'article 35 autorise la preuve des faits diffamatoires, non seulement contre les fonctionnaires publics, mais aussi contre les corps constitués, les armées de terre ou de mer, les adminisrations publiques et même les jurés et les témoins ; l'interdiction de la preuve est rigoureusement restreinte aux diffamations commises envers les particuliers. Cet article contient une autre innovation importante : la vérité des faits pourra être établie aussi contre les directeurs et administrateurs de toute entreprise industrielle, commerciale ou financière faisant publiquement appel à l'épargne. L'intérêt public exige, en effet, que les personnes qui exercent ces fonctions ou un mandat de cette nature répondent de la sincérité et de la fidélité de leur gestion devant le public auquel elles font appel.

Si la preuve des faits diffamatoires est rapportée, le prévenu sera renvoyé des fins de la plainte. L'article 20 de la loi du 26 mai 1819, ajoutait : « sans préjudice des peines prononcées contre toute injure qui ne serait pas nécessairement dépendante des mêmes faits. » Cette disposition a été supprimée comme dangereuse et inutile. On a voulu éviter par là que le juge ne se crut autorisé parfois à disqualifier les faits pour arriver à prononcer une condamnation malgré la preuve faite ; mais il a été reconnu que l'injure qui serait véritablement indépendante des faits diffamatoires continuerait à être poursuivie et punie comme constituant un délit distinct.

L'article 34 résout législativement la question controversée de la diffamation envers les morts. La Cour de cassation a décidé que la diffamation pouvait résulter des seules imputations dirigées contre la mémoire des morts ; la Cour de Paris et d'autres Cours d'appel repoussaient cette doctrine. Quelques

àrrêts admettaient cependant uñ système mixte, aux termes
duquel il y avait diffamation punissable, dans les imputations
contre les morts, toutes les fois que les héritiers étaient personnellement atteints par ces imputations, alors même
qu'elles n'auraient pas été dirigées intentionnellement contre
eux.

La loi a rejeté ces deux systèmes, comme étant de nature
à porter atteinte aux droits de l'histoire. Elle n'autorise les
héritiers à poursuivre les imputations diffamatoires ou injurieuses dirigées contre leurs auteurs qu'autant que les diffa-
mateurs auront eu l'intention de porter atteinte à leur propre
considération. Elle repousse donc entièrement la diffamation
envers les morts. La réserve qu'elle fait, au profit des héritiers, ne consacre pas un droit nouveau ; elle aurait été
inutile à formuler s'il n'avait fallu écarter les solutions
antérieures de la jurisprudence. L'action n'est, en effet, dans
ce cas, que l'action personnelle de l'héritier diffamé.

L'article 34 accorde cependant, par une disposition nouvelle, aux héritiers qui ne sont pas diffamés personnellement,
lorsqu'il s'agit d'écrits périodiques ou de journaux, une
faculté qui sauvegarde leurs intérêts, tout en respectant les
franchises de l'écrivain. Ils pourront user du droit de réponse,
réglé par l'article 13, pour repousser les imputations dirigées
contre la mémoire de leurs auteurs, alors même qu'il n'auront été ni nommés ni désignés personnellement.

Publications interdites. — Immunités de la défense.

Les dispositions qui figurent sous cette rubrique ne font
que reproduire, avec de légères modifications, certaines
interdictions de publications et de comptes rendus, édictées
par les lois antérieures et notamment par celles du 17 mai 1819
(art. 21 à 23) et du 27 juillet 1849 (art. 5, 10 et 11).

Les articles 38 à 40 prononcent l'interdiction de publier les actes d'accusation et de procédure criminelle et correctionnelle avant qu'ils aient été lus en audience publique ; de rendre compte des procès en diffamation où la preuve n'est pas autorisée, ainsi que des délibérations intérieures des jurys, des Cours et des Tribunaux, et d'ouvrir ou annoncer publiquement des souscriptions ayant pour objet d'indemniser des condamnations judiciaires, criminelles ou correctionnelles.

L'article 39 autorise encore les Tribunaux à interdire le compte rendu des procès dans toute affaire civile. Il n'étend pas cette interdiction aux matières criminelle ou correctionnelle, comme le faisait l'article 17, paragraphe 2, du décret du 17 février 1852 ; mais cette disposition ne porte pas atteinte au droit qui appartient toujours aux Tribunaux d'ordonner le huis-clos dans tous les cas où la publicité constituerait un danger pour l'ordre et les mœurs, conformément à l'article 81, toujours en vigueur de la constitution du 4 novembre 1848.

L'article 41 consacre à nouveau l'immunité des débats parlementaires et des débats judiciaires. Il affranchit de toute poursuite, et notamment de toute action en diffamation, outrage ou injure, les comptes rendus des débats parlementaires ou judiciaires, et, à plus forte raison, les discours prononcés devant les Chambres, les rapports et autres pièces annexes des débats parlementaires, ainsi que les discours prononcés et les écrits produits devant les Tribunaux. Mais il ne couvre de cette immunité que les comptes rendus de bonne foi. Les comptes rendus infidèles et de mauvaise foi ne peuvent en bénéficier à aucun titre. L'infidélité et la mauvaise foi ne tombent plus à elles seules sous le coup de la loi ; et l'article 7 de la loi du 25 mars 1822, qui en faisait un délit spécial, est entièrement abrogé. Mais une action pourra toujours être dirigée contre les auteurs des comptes rendus infidèles faits de mauvaise foi, dans le cas où ils contiendraient des imputations diffamatoires ou injurieuses ou quelqu'autre délit caractérisé.

Les poursuites qui seront dirigées contre eux seront d'ailleurs portées devant les tribunaux compétents, selon les règles ordinaires. La connaissance de ces affaires ne sera pas réservée aux corps des débats desquels il aura été rendu compte; cette compétence exceptionnelle, que l'article 16 de la loi du 25 mars 1822 avait organisée pour la connaissance du délit spécial de compte rendu infidèle, n'existe plus; on avait proposé, au cours de la discussion, de la rétablir pour le jugement des comptes rendus diffamatoires ou injurieux, afin que le tribunal saisi fût mieux à même d'apprécier l'excuse de la bonne foi que le prévenu ne manquera pas d'opposer aux poursuites; mais cette proposition a été rejetée.

Des poursuites et de la répression.
Des personnes responsables.

Les délits de presse exigent le concours de plusieurs agents. Les articles 42 à 44 indiquent quelles sont les personnes qui pourront en être déclarées responsables. Ils apportent sous plusieurs rapports des dérogations notables aux règles du droit commun qui étaient suivies jusqu'ici; mais il est à remarquer qu'ils ne disposent que pour les délits commis par la voie de la presse. Ils ne s'appliquent ni aux délits de paroles, qui, ne comportant habituellement qu'un agent, devaient rester soumis aux règles ordinaires, ni aux contraventions prévues dans les chapitres I à III, pour chacune desquelles le législateur a désigné par une mention expresse les personnes responsables.

L'article 42 indique quels sont, parmi les agents qui ont concouru au délit, ceux qui doivent être considérés comme auteurs principaux, et l'ordre dans lequel ils seront poursuivis. Ce sont : 1° le publicateur, gérant ou éditeur ; 2° à défaut de publicateur connu, l'auteur ; 3° à défaut d'auteur, l'imprimeur ; 4° à défaut d'imprimeur, les vendeurs, distributeurs ou afficheurs.

L'article 43 règle la complicité. Il n'est rien innové en ce qui concerne les auteurs à cet égard ; ils sont toujours considérés comme complices, et ils doivent être poursuivis à ce titre, avec les gérants ou les éditeurs, lorsque ceux-ci sont en cause comme auteurs principaux.

En ce qui concerne les imprimeurs, au contraire, la loi contient une innovation considérable. Elle les affranchit de toute complicité à raison du fait de l'impression des écrits délictueux, sauf dans le cas de provocation à un attroupement, prévu par l'article 6 de la loi du 7 juin 1848 ; ils ne peuvent être retenus comme complices qu'à raison des faits étrangers à l'impression, pourvu que ces faits rentrent dans les conditions de la complicité légale prévues par l'article 60 du code pénal. La rédaction primitive de l'article 43 étendait cette exception aux vendeurs, distributeurs ou afficheurs pour les faits de vente, de distribution et d'affichage. Mais cette mention a été supprimée. Il en résulte que ces agents du délit, lorsqu'ils ne seront pas poursuivis comme auteurs principaux, pourront l'être comme complices, conformément au droit commun, dans le cas où ils auront vendu, distribué ou affiché les écrits délictueux en connaissance de cause. C'est là d'ailleurs la disposition que l'article 22, qu'il faut combiner ici avec l'article 43, édicte formellement en ce qui concerne les colporteurs et distributeurs.

L'article 44 consacre une autre innovation. Il déclare les propriétaires des journaux responsables des condamnations pécuniaires au profit des tiers.

La jurisprudence hésitait à admettre, sauf dans certains cas

exceptionnels, que le fait du gérant engageât la responsabilité des propriétaires du journal. D'après la disposition nouvelle de l'article 44, le gérant devra être réputé, en principe,
le préposé des propriétaires qui deviendront, en conséquence,
responsables de son fait, dans les termes du droit commun.
Cette responsabilité est d'ailleurs restreinte aux condamnations civiles : elle ne s'étend pas aux amendes. La propriété
des journaux peut se constituer de bien des manières ; les
propriétaires responsables seront ceux auxquels la loi civile
ou commerciale reconnaîtra cette qualité.

Les jugements de condamnations détermiront toutes les
responsabiltés ; ils devront, en outre, fixer, conformément à
la loi, la durée de la contrainte par corps. Il importe que les
extraits délivrés aux comptables chargés du recouvrement
portent toutes les mentions nécessaires pour l'exécution. Vous
veillerez, en conséquence, à ce que les greffiers mentionnent
exactement, sur tous ces extraits, les personnes responsables,
avec l'indication de la solidarité, lorsqu'elle aura lieu, ainsi
que la durée de la contrainte.

Juridiction.

Les crimes et délits de presse sont déférés à la Cour d'assises. C'était déjà la règle posée par la loi du 16 mai 1819 ;
c'était aussi celle de la loi du 15 avril 1871. La loi du 29
décembre 1875 l'avait maintenue ; mais elle disparaissait sous
les exceptions nombreuses qui déféraient aux Tribunaux correctionnels les délits les plus nombreux et les plus habituels.
Les seules infractions qui échappent aujourd'hui à la juridiction de la Cour d'assises sont les petites contraventions punies
de simple police et un certain nombre d'infractions, la
plupart matérielles, dont la connaissance a été attribuée au
Tribunal correctionnel.

Le Tribunal de simple police connait des contraventions qui suivent :

1° Omission du nom et du domicile de l'imprimeur (art. 2).

2° Affichage sur les lieux réservés aux affiches des actes de l'autorité publique (art. 15);

3° Impression d'affiches sur papier blanc (art. 15) ;

4° Lacération ou altération d'affiches administratives (art. 17, § 1er) ;

5° Lacération ou altération d'affiches électorales (art. 17, § 3) ;

6° Omission ou fausseté de la déclaration de colportage (art. 21) ;

7° Défaut de présentation du récépissé (art. 21) ,

8° Injures non publiques (art. 33, § 3) ;

Les infractions déférées aux Tribunaux correctionnels, sont les suivantes :

1° Omission du dépôt des imprimeurs (art. 3, 4 et 9) ;

2° Défaut de gérance (art. 6, 7 et 9);

3° Omission ou irrégularité de la déclaration des journaux ou écrits périodiques (art. 7, 8 et 9);

4° Omission ou irrégularité de la déclaration des mutations art. 7 et 9 ;

5° Omission du dépôt des journaux ou écrits périodiques (art. 10) ;

6° Omission de l'impression du nom du gérant au bas des exemplaires (art. 11);

7° Défaut ou irrégularité de l'insertion des rectifications des dépositions de l'autorité publique (art. 12) ;

8° Défaut ou irrégularité de l'insertion des réponses des particuliers (art. 13) ;

9° Mise en vente ou distribution des journaux étrangers dont la circulation est interdite (art. 14) ;

10° Lacération ou altération d'affiches administratives par un fonctionnaire public (art. 17, § 2) ;

11° Lacération ou altération d'affiches électorales par un fonctionnaire public (art. 17, § 4) ;

12° Outrages aux bonnes mœurs par dessins, gravures, peintures, emblèmes ou images obcènes (art. 28, § 2) ;

13° Diffamations envers les particuliers (art. 32) ;

14° Injures envers les particuliers (art. 33, § 2) ;

15° Publication des actes de procédure criminelle et correctionnelle avant qu'ils aient été lus en audience publique (art. 38) ;

16° Comptes rendus des procès en diffamation où la preuve n'est pas autorisée (art 39) ;

17° Comptes rendus interdits par les Tribunaux (art. 39) ;

18° Comptes rendus des délibérations des jurys des Cours et Tribunaux (art. 39) ;

19° Ouverture ou annonce publique de souscriptions pour indemniser des condamnations criminelles ou correctionnelles (art. 40).

Compétence.

La loi ne s'explique pas sur la compétence ; c'est donc celle du droit commun. La loi de 1819 avait établi, dans son article 12, que les poursuites à la requête du ministère public seraient faites au lieu du dépôt des écrits poursuivis ou de la résidence du prévenu ; l'article 8 de la loi du 29 décembre 1875 avait reproduit expressément, pour les crimes ou délits déférés aux Cours d'assises, la compétence du lieu du dépôt.

Ces dispositions n'ont pas été reproduites par la loi nouvelle. La compétence demeure donc celle de l'article 63 du code d'instruction criminelle. La juridiction compétente est, avec celle de la résidence de l'inculpé, celle du lieu du délit, c'est-à-dire de tous les lieux dans lesquels l'ouvrage délictueux a été publié.

L'action civile pourra toujours être portée devant la juridiction criminelle ou correctionnelle avec l'action publique ; mais elle pourra aussi être exercée séparément, conformément à l'article 3 du code d'instruction criminelle. L'article 46 contient cependant une exception à cette règle : l'action civile résultant des délits de diffamation, dans le cas où la preuve des faits diffamatoires est autorisée, ne peut être poursuivie séparément de l'action publique sauf dans le cas de décès de l'auteur du fait incriminé, ou d'amnistie. Cette disposition n'est que la reproduction des articles 2 de la loi du 22 mars 1848 et 4 de la loi du 15 avril 1871. Elle a pour but d'empêcher que les corps constitués, les fonctionnaires publics et les autres personnes à l'égard desquelles la preuve est admise, dans un intérêt public, ne cherchent à s'y soustraire en substituant aux poursutes criminelles dans lesquelles cette preuve devrait être administrée une simple demande en dommages-intérêts devant les Tribunaux civils.

Procédure. — Plainte préalable.

Les crimes et délits commis par la voie de la presse et les autres moyens de publication sont poursuivis d'office par le ministère public ou par les parties lésées. Le droit du ministère public est subordonné, en général, à la nécessité d'une plainte préalable de la partie lésée en matière de diffamation et d'injure, d'offense et d'outrage, tant envers les corps constitués et les personnes publiques qu'envers les particuliers.

La loi du 29 décembre 1875 autorisait la poursuite d'office pour diffamation et injure envers les Tribunaux et les corps constitués. La loi nouvelle revient au système de la loi du 26

mai 1819, qui exigeait une délibération de l'assemblée générale de ces corps ; dans le cas où le corps n'aura pas d'assemblée générale, la poursuite aura lieu sur la plainte de son
chef ou du Ministre duquel ce corps relève.

Dans le cas de diffamation ou d'injure envers les fonctionnaires publics, les dépositaires ou agents de l'autorité publique, les ministres des cultes, les citoyens chargés d'un
service ou d'un mandat public, la plainte de la partie lésée
pourra être suppléée par celle du Ministre dont elle relève ;
les fonctionnaires des divers ordres ne sont pas seul intéressés
à la poursuite, et leur chef hyérarchique doit pouvoir la provoquer lorsqu'il la juge nécessaire. Dans le cas d'offense ou
d'outrage envers les chefs d'État et les agents diplomatiques
étrangers, la plainte est portée sous la forme d'une demande
au Ministère des Affaires étrangères qui la transmet au Ministère de la Justice.

Il n'y a que deux exceptions à cette nécessité de la plainte
préalable, pour le chef de l'État et les Ministres. La première
s'imposait ; la seconde résulte de la réserve contenue dans le
paragraphe 3 de l'article 47, qui n'exige la plainte que des
dépositaires de l'autorité publique « autres que les Ministres. »
La règle est générale en ce qui concerne les particuliers : la
poursuite pour diffamation ou injure ne pourra avoir lieu,
aux termes de l'article 60, que sur la plainte de la personne
diffamée ou injuriée.

Procédure devant la Cour d'assises.

La loi du 15 avril 1871 qui avait restitué aux Cours d'assises la connaissance des délits de presse, avait remis en
vigueur les articles de la loi du 27 juillet 1849 relatifs à la
procédure que la jurisprudence complétait avec ceux de la loi
du 17 mai 1819, concernant le même objet. La loi nouvelle

emprunte ses principales dispositions à ces deux lois ; mais elle contient aussi plusieurs dispositions nouvelles. Cette procédure ne peut plus être combinée qu'avec les dispositions du Code d'instruction criminelle, dans les articles auxquels la loi nouvelle ne déroge pas soit expressément, soit tacitement.

Deux voies sont ouvertes au ministère public pour l'exercice des poursuites devant la Cour d'assises : la voie ordinaire de l'information et celle de la citation directe.

Une information préalable était le plus souvent nécessaire, sous la législation antérieure, pour arriver à la saisie préventive des imprimés délictueux ; mais cette saisie n'est plus autorisée aujourd'hui, sauf dans un cas, et la voie de la citation directe pourra être prise, dès le début, dans la plupart des cas qui requerront célérité.

Le droit de saisie est réglé par l'article 49. La saisie préventive ou saisie-sequestre, de l'édition ou du tirage de l'imprimé délictueux, est supprimée. L'article 7 de la loi du 17 mai 1819, qui consacrait ce droit en le réglementant, est entièrement abrogé.

L'article 49 de la loi nouvelle n'autorise d'autre saisie que celle de quatre exemplaires, et encore ne peut-elle avoir lieu que lorsque l'imprimé délictueux n'a pas été déposé. Cette saisie n'a rien de commun avec la saisie-sequestre ; elle n'a pour but que de mettre la justice en possession du corps du délit.

La saisie-sequestre n'est maintenue que dans un cas : c'est celui de l'outrage aux mœurs, lorsqu'il est commis par dessins, gravures, peintures, emblèmes ou images obscènes, dans les termes du paragraphe 2 de l'article 28. Tous les exemplaires exposés, distribués ou mis en vente peuvent alors être saisis préventivement.

La loi a prohibé la saisie préventive parce qu'elle cause,

quelle que soit la célérité de la procédure, un préjudice irréparable ; mais elle n'a pas entendu laisser libre la circulation
d'imprimés reconnus délictueux. — L'arrêt de condamnation
pourra donc ordonner la saisie et même la destruction de
tous les exemplaires qui seraient mis en vente. Il pourra
d'ailleurs, lorsque la destruction totale ne sera pas nécessaire,
se borner à prescrire la suppression des seules parties délic-
tueuses.

Avec la protection des écrits la loi assure la protection des
personnes. L'article 49 interdit la détention préventive pour
tous les prévenus des délits de presse ou de parole, pourvu
qu'ils soient domiciliés ; les prévenus de crimes y demeurent
seuls soumis.

Le droit de poursuivre devant la Cour d'assises n'appartient
pas seulement an ministère public ; il est conféré, dans certains cas, à la partie lésée, à laquelle l'article 47 accorde le
droit de citation directe. C'est là une dérogation au droit
commun et même à toute la législation antérieure sur la
presse ; elle se justifie aisément ; les délits de presse sont
déférés, par faveur, à la juridiction de la Cour d'assises ; mais
ils n'en constituent pas moins de simples délits, et il n'y avait
pas de motifs de priver le plaignant du droit de saisir lui-
même la justice comme en matière correctionnelle Cette faculté est attribuée expressément aux fonctionnaires publics
et aux dépositaires ou agents de l'autorité publique autres que
les Ministres, aux ministres du culte, aux citoyens chargés
d'un service ou d'un mandat public, aux jurés et aux témoins, et enfin aux chefs d'État et agents diplomatiques
étrangers. Il ne pouvait être question de la conférer au chef
de l'État, dont la dignité doit toujours être protégée par
l'autorité publique.

Le plaignant qui veut exercer l'action directe devant la
Cour d'assises doit adresser une requête au magistrat désigné

pour présider cette Cour. Le président fixe sur cette requête les jours et heures auxquels l'affaire sera appelée, en tenant compte des délais impartis par la loi entre la citation et la comparution. Il peut se faire qu'il soit saisi à une époque trop tardive pour qu'il puisse indiquer un jour utile, et que la session doive être close, par suite de l'épuisement des affaires portées au rôle, avant l'expiration de délais prescrits pour la citation. Le président se bornera à constater l'impossibilité dans laquelle il se trouve de donner jour au plaignant par suite de la tardivité de sa requête, et le renverra à se pourvoir ainsi qu'il avisera. Le plaignant n'aura qu'à attendre les prochaines assises, à moins qu'il ne préfère user du droit qui lui appartient de saisir toutes autres assises compétentes c'est-à-dire de tous les autres lieux dans lesquels l'imprimé poursuivi aura été publié.

Il aura aussi la faculté de se pourvoir auprès du premier président pour provoquer une convocation d'assises extraordinaires ; mais il ne devrait être déféré à cette requête que dans des cas tout à fait exceptionnels. La loi n'a pas voulu priver le plaignant devant la Cour d'assises de la faculté de citation qu'il avait devant le Tribunal correctionnel ; mais il serait excessif, pour lui procurer l'exercice souvent téméraire de ce droit, d'imposer légèrement aux jurés la fatigue et au Trésor les frais de la tenue d'assises extraordinaires.

La loi n'impose pas au ministère public l'obligation d'adresser une requête au président pour la fixation du jour auquel seront portées à l'audience les affaires poursuivies à sa requête. Les rapports de ces magistrats entre eux rendaient cette formalité inutile. Il suffira donc que le ministère public se concerte, à cet effet, avec le président.

La citation donnée au prévenu doit définir avec exactitude l'objet de la poursuite, de manière à le mettre en mesure de préparer tous les éléments de sa défense ; elle doit contenir,

8

aux termes de l'article 50, l'indication précise des écrits ou autres imprimés, placards, dessins, gravures, peintures, médailles ou emblèmes, et des discours incriminés, avec la qualification des faits et l'indication des textes. C'est la reproduction presque textuelle de l'article 6 de la loi de 1819.

Si la citation est à la requête du plaignant, elle doit, en outre, porter copie de l'ordonnance du président d'assises, pour la fixation du jour ; elle doit contenir aussi une élection de domicile dans la ville où siège la Cour d'assises.

Le délai entre la citation et la comparution en Cours d'assises est, en règle générale, de cinq jours francs, outre un jour par cinq myriamètres ; il est étendu à douze jours en matière de diffamation. Cette prolongation du délai est nécessitée par les notifications qui doivent être nécessairement échangées pour la preuve, dans le cas où elle est admise.

Le prévenu qui veut être admis à administrer la preuve des faits diffamatoires doit faire signifier, dans les cinq jours de la notification de la citation, au ministère public ou au plaignant, les faits dont il entend prouver la vérité, la copie des pièces et les noms, professions et demeures de ses témoins, il doit faire, comme le plaignant, élection de domicile près la Cour d'assises. Dans les cinq jours suivants, le ministère public ou le plaignant doivent faire signifier de leur côté la copie des pièces et des noms, professions et demeures des témoins avec lesquels ils entendent faire la preuve contraire. Ces dispositions sont empruntées aux articles 21 et 22 de la loi du 27 mai 1819.

Lorsque le ministère public prend la voie de l'information, il doit articuler et qualifier les faits, avec l'indication des textes, dans son réquisitoire introductif (art. 48). L'affaire doit suivre son cours selon les règles ordinaires, et être portée devant la Chambre des mises en accusation.

Une jurisprudence ancienne, formée sous l'empire des lois

de 1819 et 1849, et confirmée sous celles de 1871 et 1875, avait décidé qu'il n'était pas nécessaire de rédiger un acte d'accusation, sauf pour le cas de crime, et qu'il n'y avait pas lieu de remplir, dans le cas de simples délits, les formalités établies par les articles 241 et 242 touchant la rédaction et la notification de cet acte. Cette décision doit encore être suivie aujourd'hui. Tous les articles qui supposent la détention préventive sont nécessairement inapplicables aux prévenus des délits de presse et de parole ; il en est ainsi notamment de l'interrogatoire prescrit par l'article 293 et, en général, de tous les articles du code d'instruction criminelle, qui ne peuvent, d'après l'ensemble des dispositions de ce code, trouver leur application qu'à l'égard des individus accusés de crimes et placés dans les liens d'une ordonnance de prise de corps.

L'arrêt de renvoi devra être notifié, et la citation à comparaître devant la Cour d'assises devra être donné en vertu de cet arrêt. Il conviendra d'ailleurs de se conformer, pour cette citation, aux prescriptions générales de l'article 50.

Les dispositions des articles 51 à 53, relatifs aux délais de la citation et aux formes de la preuve, devront évidemment être observés, en cas de renvoi, en vertu de l'arrêt de la Chambre d'accusation, aussi bien que dans le cas de citation directe.

Les articles 54 et suivants ont pour but de déjouer les moyens dilatoires que le prévenu pourra être tenté d'opposer à une poursuite dans laquelle la célérité est requise, en abusant des incidents ou du droit de faire défaut. Ces dispositions ne font d'ailleurs que reproduire, sauf quelques modifications, les dispositions des lois antérieures.

Dès que le prévenu a assisté à l'appel des jurés, l'instance est liée contradictoirement avec lui ; il ne peut plus faire défaut, quand même il se serait retiré pendant le tirage au sort. L'arrêt rendu avec le concours du jury sera définitif.

Les demandes en renvoi et tous les incidents sur la procédure devront être présentés avant l'appel des jurés.

L'article 56 applique à l'arrêt par défaut qui est rendu sans l'assistance des jurés les règles posées par l'article 187 pour les condamnations par défaut prononcées par les Tribunaux correctionnels.

Si le prévenu ne comparaît pas, son opposition est réputée non avenue, et l'arrêt par défaut devient définitif.

L'article 58 consacre une dérogation importante à l'article 358 du code d'instruction criminelle, aux termes duquel l'accusé acquitté peut être condamné à des dommages-intérêts envers la partie civile. La Cour n'aura pas cette faculté en matière de délits de presse ; elle ne pourra statuer que sur les dommages-intérêts réclamés par le prévenu, qui devra être renvoyé de la plainte sans dommages ni dépens.

L'article 59 règle la formation des Cours d'assises extraordinaires qu'il pourrait y avoir lieu de convoquer exceptionnellement pour le jugement de poursuites urgentes après la clôture de la session ordinaire. C'est la reproduction textuelle de l'article 22 de la loi de 1849. Ces Cours seront formées par une ordonnance du premier président. Le président des dernières assises les présidera de droit. Le ministère public ne devra évidemment provoquer la formation de ces assises que dans les cas d'absolue nécessité ; il aura d'ailleurs d'autant moins l'occasion d'y recourir qu'il a, comme le plaignant, la faculté d'exercer ses poursuites devant toutes les cours compétentes à raison du lieu du délit et qu'à défaut de celle du domicile, il pourra parfois porter l'affaire dans telle autre où s'ouvrirait une session prochaine, sans préjudice sérieux pour les personnes.

Police correctionnelle et simple police.

La poursuite a lieu conformément au code d'instruction

criminelle. L'article 60 contient néanmoins quelques dispositions nouvelles. Le délai de la citation est réduit à vingt-
quatre heures, dans le cas de diffamation ou d'injure pendant
la période électorale envers un candidat à une fonction élective.

L'article étend à la matière correctionnelle l'obligation de
préciser et qualifier les faits incriminés dans la citation et les
réquisitions à fin d'instruction. Enfin, il déroge à la règle
d'après laquelle l'action publique, une fois mise en mouve-
ment par la partie lésée, ne peut plus être arrêté par le désistement de la parte civile, ni même du ministère public. Le
désistement du plaignant arrêtera la poursuite commencée.

Pourvois en cassation

L'article 61 dispense les prévenu et la partie civile qui se
sont pourvus en cassation de la consignation de l'amende, et le
prévenu de la mise en état que la jurisprudence lui imposait.
L'article 62 fixe les délais dans lesquels le pourvoi doit être
formé et l'affaire jugée.

Récidives, circonstances atténuantes, prescriptions.

La loi de 1819 avait rendu facultative, en matière de presse,
l'aggravation des peines résultant de l'état de récidive. L'article 63 la supprime entièrement.

Le deuxième paragraphe applique aux crimes et délits
prévus par la loi les dispositions de l'article 365 du code
d'instruction criminelle, qui prohibent le cumul des peines.

L'article 64 reproduit la disposition de l'article 23 de la loi
du 27 juillet 1849 qui réglait l'effet de la déclaration des circonstances atténuantes en faveur des prévenus ; la peine
prononcée ne pourra excéder la moitié de la peine édictée
par la loi : cette graduation des peines a paru être la conséquence nécessaire de l'attribution des délits de presse au jury.

Dans le dernier état de la législation, la prescription en matière de délits de presse était celle du droit commun ; d'après la législation de 1819, l'action publique se prescrivait par 6 mois et l'action civile par 3 ans. La loi nouvelle assigne la même durée à l'action publique et l'action civile, et la limite à 3 mois.

La loi contient encore quelques dispositions transitoires qu'il est inutile de rappeler.

Abrogation de la législation antérieure.

La loi nouvelle abroge toute la législation antérieure sur la presse, édits, lois, décrets, ordonnances, arrêtés, règlements, déclarations quelconques, relatifs à l'imprimerie, la librairie la presse périodique et non périodique, le colportage, l'affichage, la vente sur la voie publique, et aux crimes et délits prévus par les lois sur la presse et les autres moyens de publication (art. 68). Voici la liste des principaux délits abrogés :

Voir pages 61 et 62.

En résumé, tous les crimes et délits commis prévus par les lois spéciales dites de presse qui n'ont pas trouvé place dans la loi actuelle sont abrogés, sans exception.

Mais les lois de presse ne contiennent pas tous les délits de publication ; il en est un petit nombre qui sont prévus par des lois spéciales.

Ces délits n'entrent pas dans les prévisions de la présente loi et doivent être considérés comme maintenus, à moins qu'ils ne se relient à ceux qui ont été abrogés d'une manière si étroite qu'ils ne puissent en être séparés. C'est ce que l'article 68 exprime très clairement lorsqu'il vise limitativement les crimes et délits *prévus par les lois sur la presse et autres moyens de publication*. La loi nous donne d'ailleurs, elle-même, deux exemples de cette distinction essentielle. Elle rappelle incidemment, à l'article 43, comme étant toujours en vigueur, l'article 6 de la loi du 7 juin 1848 qui punit les provocations publiques à des attroupements par des discours ou des imprimés, parce qu'il s'agit là d'une loi qui, n'ayant nullement la presse pour objet demeure en vigueur dans toutes ses dispositions. De même, l'article 68 abroge, par une disposition spéciale, l'article 31 de la loi du 10 août 1871 qui interdit aux journaux d'apprécier la discussion des Conseils généraux sans reproduire en même temps la portion du compte rendu y afférente, parce que cette disposition, figurant dans une loi sur les Conseils généraux, ne rentrait pas dans l'abrogation générale édictée par cet article.

Le projet de loi présenté primitivement à la Chambre des députés contenait, dans son article 2, une énumération de certains délits qui étaient expressément réservés. Cette énumération a été supprimée comme inutile et dangereuse ; elle aurait pu faire considérer comme abrogées des dispositions de lois spéciales qu'il ne serait nullement entré dans la pensée du législateur de supprimer.

Parmi les dispositions qui doivent être incontestablement considérées comme maintenues, figurent, en première ligne, les délits prévus par les articles 222 à 227, 201 à 206, 260 à 264, 419 à 420 du code pénal ; ils étaient d'ailleurs tous visés dans l'énumération du projet primitif.

Les articles 222 à 227 sont relatifs aux outrages par paroles par écrits ou dessins non rendus publics, envers les dépositaires de l'autorité et de la force publique. Le doute pouvait d'autant moins exister en ce qui concerne ces délits que la publicité n'est pas un de leurs éléments constitutifs, et qu'ils ont toujours trouvé une application distincte de celle des outrages prévus par la législation antérieure sur la presse.

Les articles 201 à 206 sont relatifs aux critiques, censures ou provocations dirigées par parole ou par écrit, par les ministres des cultes, contre l'autorité publique. Ces délits qui constituent bien des délits de publication, sont néanmoins maintenus ; ils sont entièrement étrangers à la matière de la presse et sont classés sous la rubrique des abus d'autorité ; ils ont été, d'ailleurs, expressément réservés, au cours de la discussion, comme ils l'étaient dans l'article 2 du projet.

Il en est de même des articles 260 à 264, qui prévoient les entraves apportées par les particuliers au libre exercice des cultes et les outrages contre les objets de ces cultes ; — des articles 419 et 420, qui punissent les fausses nouvelles à l'aide desquelles on a opéré la hausse ou la baisse des marchandises ou effets publics ; — des délits spéciaux prévus par les lois électorales, outrages envers les bureaux électoraux ou l'un de leurs membres, fausses nouvelles ayant surpris ou détourné des suffrages ou déterminé des abstentions (art. 45 et 40 du décret du 2 février 1852) ; — des annonces ou affiches de remèdes secrets (art. 36 de la loi du 21 germinal an XI) ; — de la distribution de billets de loteries non autorisées (art. 4 de la loi du 25 mai 1836),

Les délits ainsi maintenus comme se rattachant à des lois spéciales échappent entièrement aux prévisions de la loi nouvelle et demeurent, en conséquence, soumis aux juridictions de droit commun.

L'abrogation générale de l'article 68 ne porte pas davantage atteinte aux lois qui régissent la propriété littéraire, artistique ou industrielle, non plus qu'aux nombreuses dispositions des lois fiscales concernant l'imprimerie et la presse.

Telles est, Monsieur le Procureur général, l'économie générale de la loi qui est aujourd'hui le code unique de la presse.

Le Gouvernement en avait, en quelque sorte, devancé l'application en répudiant depuis longtemps la plupart des délits qu'elle a abrogés.

Vous n'exerciez de poursuites de presse que lorsqu'elles vous paraissaient réclamées par un sérieux intérêt public. Vous observerez encore la même réserve.

La loi a affranchi de toutes les mesures préventives l'imprimerie et la presse; elle n'a maintenu que quelques formalités dont le but unique est d'assurer la responsabilité des écrits délictueux, soit au regard de l'action publique, soit au regard des tiers. Ces formalités sont en assez petit nombre, elles sont assez peu coûteuses, assez faciles à remplir pour qu'elles doivent être exécutées rigoureusement. Vous tiendrez la main à leur entier accomplissement. Vous pourrez adresser officieusement aux contrevenants, lorsque vous le jugerez convenable, un avertissement préalable; mais vous n'hésiterez pas ensuite à les déférer aux Tribunaux.

Vous poursuivrez rigoureusement toutes les contraventions de simple police et même toutes les infractions qui, bien que déférées aux Tribunaux correctionnels, ont surtout un caractère contraventionnel.

En ce qui concerne les délits proprement dits, vous aurez à apprécier, dans chaque cas particulier, l'intention, le préjudice, l'intérêt public en jeu. Vous m'en référerez, comme par le passé, chaque fois que l'affaire l'exigera, sauf à commencer les poursuites dans le cas d'urgence·

Vous pèserez les poursuites avec calme et maturité; mais lorsqu'elles seront résolues, vous devrez les conduire avec la plus grande célérité possible. Vous prendrez la voie rapide de la citation directe toutes les fois qu'une information préalable ne sera pas nécessaire.

Vous continuerez, au surplus, à me consulter dans tons les cas douteux, soit quant à l'opportunité, soit quant aux qualifications, soit quant aux questions de procédure ou de compétence.

Je ne puis que vous recommander, dans cette épreuve d'une

loi nouvelle, la conciliation des devoirs de modération et de prudence, dont vous vous êtes inspiré jusqu'ici, avec la protection qui est due aux grands intérêts dont vous avez la garde.

Recevez, Monsieur le Procureur général, l'assurance de ma considération très distinguée.

Le Garde des Sceaux, Ministre de la Justice,

Jules CAZOT.

LOI DU 2 AOUT 1882

ARTICLE PREMIER. — Est puni d'un emprisonnement de un mois à deux ans et d'une amende de 16 à 3,000 fr. quiconque aura commis le délit d'outrages aux bonnes mœurs, par la vente, l'offre, l'exposition, l'affichage ou la distribution gratuite sur la voie publique ou dans les lieux publics, d'écrits, d'imprimés autres que le livre, d'affiches, dessins, gravures, peintures, emblèmes ou images obscènes.

ART. 2. — Les complices de ces délits dans les conditions prévues et déterminées par l'article 60 du code pénal seront punis de la même peine, et la poursuite aura lieu devant le Tribunal correctionnel, conformément au droit commun et suivant les règles édictées par le code d'instruction criminelle.

ART. 3. — L'article 463 s'applique.

ART. 4. — Abrogées toutes dispositions contraires.

CIRCULAIRE

Adressée par M. Humbert, garde des sceaux, ministre de la justice et des cultes, aux procureurs généraux à la date du 7 août 1882 :

———◦◇◦———

Monsieur le Procureur général,

La loi du 29 juillet 1881 sur la presse n'avait pas complètement désarmé les Parquets pour la répression de l'outrage aux bonnes mœurs. Elle avait affaibli l'exercice de l'action publique et involontairement facilité l'œuvre de ceux qui spéculent sur de honteux penchants, en réservant seulement à la juridiction correctionnelle la connaissance des délits de mise en vente ou d'exposition des dessins, gravures, peintures, emblèmes ou images obscènes, en n'autorisant la saisie préventive que dans ce dernier cas, et en restreignant la responsabilité pénale dans de notables proportions.

Le jury n'a jamais manqué de fermeté dans l'appréciation des délits de cette nature qui lui ont été soumis ; mais la procédure devant la Cour d'assises comporte nécessairement certaines lenteurs, la saisie des écrits obtenus non accompagnés de dessins ne pouvait avoir lieu, de sorte que le mal était en quelque sorte irréparable quand la condamnation intervenait.

Aussi ces écrits prenaient-ils un développement inquiétant, et l'opinion publique, justement alarmée de ce débordement, se montrait à la fois exigeante et indignée. Dans cette situation, le gouvernement de la République ne pouvait être indécis sur la marche à suivre : il était nécessaire de modifier la législation pour arrêter le mal. Je n'ai pas hésité à déposer un projet de loi afin d'atteindre ce but. Ce projet adopté par le Parlement, avec quelques modifications de forme, est devenu la loi du 2 août 1882.

J'appelle votre attention sur cette loi et je signale ses dispositions à votre vigilance. Ni le Gouvernement ni le législateur n'ont entendu porter la moindre atteinte à la liberté de la presse. L'exposé des motifs, le texte de la loi nouvelle, le rapport fait à la Chambre des députés et la discussion qui l'a suivi, ne peuvent laisser aucune place au doute à cet égard. Les écrits obscènes, autres que le livre, ont seuls été visés : mais vous êtes désormais fortement armé pour réprimer les écarts des auteurs, vendeurs et propogateurs de ces écrits. Le droit commun leur est applicable, les complices ne sont plus à l'abri de la poursuite, les spéculateurs peuvent aussi bien être atteints que les colporteurs. L'imprimeur qui, en vue du lucre, prête ses presses à l'auteur ou à l'éditeur de ces honteuses productions, ne restera plus impuni ; la saisie préventive pourra être faite et l'arrestation ordonnée. Le châtiment suivra de près le délit.

J'espère que la promulgation de la loi du 2 août suffira pour mettre un terme à certains errements. Si cet espoir était trompé, vous n'hésiteriez pas à user des armes que le législateur a mis à votre disposition.

Je vous prie de m'accuser réception de cette circulaire.

Le Garde des sceaux
Ministre de la Justice et des Cultes,

HUMBERT.

ERRATA

—

Page 5, 21ᵉ *ligne, lire :* Simple police *au lieu de :* Pol. cor.
Page 25, 1ʳᵉ *ligne, lire :* matière *au lieu de :* nature.

www.ingramcontent.com/pod-product-compliance
Lightning Source LLC
Chambersburg PA
CBHW071231260626
47162CB00004B/1524